NINGBO
CULTURE
SERIES

(SET 3)

宁波文化丛书 第三辑

宁波文化丛书（第三辑）

主编 郁伟年
　　 杨　劲

山海妙心
宁波古代散文概览

杨凤琴 著

宁波出版社

作 者 简 介

　　杨凤琴,内蒙古呼伦贝尔人,宁波大学人文学院副教授,长期从事中国古代文学教学与研究。著有《唐代咏物诗研究》《梦窗词说境》《浙江古代海洋诗歌研究》《戴表元研究》等。

目录

综　述 ··· 001

　　一、先唐宁波散文 ·· 003
　　二、唐宋宁波散文 ·· 007
　　三、元明清宁波散文 ·· 017

家国篇 ··· 031

　　一、殷勤报阃外 ·· 033
　　二、时危见臣节 ·· 041
　　三、地穷山尽处 ·· 050
　　四、家世重儒风 ·· 054

民生篇 ··· 065

　　一、天地劳何甚 ·· 067
　　二、憔悴而难秀 ·· 071
　　三、寒色清松冷 ·· 080
　　四、人自半途废 ·· 086

人文篇 091

一、诗礼袭遗训 093
二、舍利庄严殿 104
三、静同仁者寿 113
四、闲于独鹤心 120

风物篇 133

一、风月逢知己 135
二、翡翠随潮月 147
三、迥出万物表 161

参考文献 180

综述

宁波自古乃人杰地灵之地，生活在灵山秀水之间的人民饱读诗书，智慧与情怀兼具。既重视自身修养，又具有兼济之志的才子文人更成为四明的焦点，为这片大地增辉添彩。宁波古代文人创作了大量优秀的散文作品，本文概括宁波古代散文发展的主要阶段、重要作家和作品，以及散文的主要风格特色。按时间节点，将散文分为先唐散文、唐宋散文和元明清散文三部分。

一、先唐宁波散文

唐代之前宁波散文创作并不十分繁盛，但也有一些精彩作品传世，主要作家有魏晋南北朝时期的虞翻、虞玩之、虞寄等余姚虞氏家族成员以及任奕、陆云等人。四明现存第一篇散文是写于东汉建武二十八年（52）的《汉三老讳字忌日碑》，碑于清咸丰二年（1852）在浙江余姚客星山出土，有"浙东第一碑"之称。由此可见，适用场合比较严肃和隆重的碑文是四明文人创作较早的文体，这篇质朴无华的碑文是四明散文的源头。之后汉末余姚人虞歆的碑铭文颇受重视，《会稽典录》曾记载了曹植对虞歆所撰碑文的赏识之情。

继虞歆之后，虞翻（虞歆之子）和任奕登上宁波文坛。虞翻（164—233），字仲翔，会稽余姚（今浙江余姚）人。他原是会稽太守王朗部下功

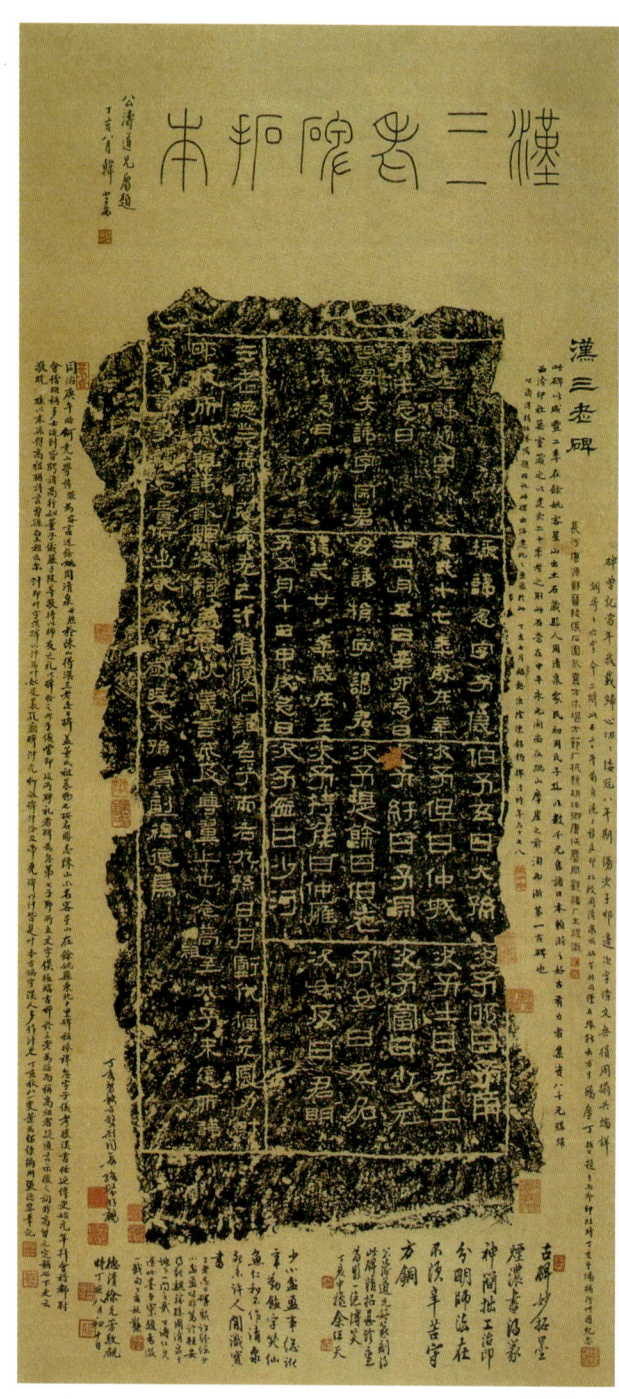

● 汉三老碑拓本

曹[①]，后投奔孙策，在东吴为官。陈寿《三国志·吴书》中有《虞翻传》。

三国时期的任奕也是一位著名散文家。任奕，字安和，三国句章人[②]，在吴国官至御史中丞，被学者朱育称为"文章之士"，著有《任子》十卷，大都散佚，残存篇章仅300余字，收录在唐代马总《意林》和宋代《太平御览》中。《任子》主要为短篇散文，每则篇幅几十字至上百字，言简意赅，寓意深刻。这些散文在思想上多表达对社会政治、道德以及人生哲理的看法。身处汉末乱世之中，作者对民生疾苦怀有浓重的忧虑之情。他期盼有君子贤臣能够辅佐君主，力挽狂澜，救民于水火之中。《任子》观察世界的视野非常开阔，对自然与人生常常有充满哲理的阐释，如："日月为天下眼目，人不知德；山川为天下衣食，人不能谢。"大自然对人类的恩赐是不求回报的，也是人类难以报答的。这能够启迪人类思考人与自然的关系。《任子》以简洁严谨而又生动明快的语言表达了对国家政治、民生疾苦以及文人的责任与担当的思考，体现了四明文人士大夫在乱世中的济世情怀。

四明山水明秀、物产丰饶，得天独厚的自然环境成为文人生花妙笔渲染的对象，陆云《答车茂安书》就是这一题材作品的代表。陆云（262—303），字士龙，吴郡吴县华亭（今上海市松江区）人，与兄陆机并称"二陆"。王应麟《困学纪闻》卷二〇评云："愚谓士龙之书，笔势纵放，真奇作也，可以补四明郡乘之阙遗。"认为陆云此文可以作为四明郡志有效的补充。

四明依山傍水，人们既可以利用便利的自然条件填海造地、烧荒成田，又能够依靠捕鱼打猎使自己的生活物资得到充盈，人民衣食常足，民风淳朴，易于治理。文中不仅详尽地描摹了四明风物之美，还追述了

---

① 功曹是官名，汉代郡守有功曹史，职责是掌管人事和参与一郡的政务。
② 据宝庆《四明志》记载，古句章在今宁波市江北区慈城镇南十五里。

秦始皇巡游至四明的历史,认为帝王尚且亲临此地,"身在鄞县三十余日",年轻的石季甫受命管理此方人民,应是值得庆幸之事。这篇散文语言简洁而具有文采,首尾呼应,抓住了宁波的地理特色和经济发展的优势,反映了西晋时期宁波的经济发展和人民生活的状况。

南北朝时期南齐重臣虞玩之也是一位著名散文家。虞玩之,生卒年不详,字茂瑶,余姚人。在南朝刘宋时出任乌程县令,后依附齐高帝萧道成,为谘议参军。虞玩之为官体察民间疾苦,鼓励农业生产,颇有政绩。其《告退表》写于永明八年(490),他年老体衰准备告老还乡,向当时的君主齐武帝萧赜表达了自己步入仕途多年,如今渴望回乡养老的心情。

虞玩之认为身为臣子负有重任,应竭力事君,但自己年迈力衰,只能退隐。作者追忆了自己身在乱世,一生经历晋、宋、齐三代,而今体力渐衰,精神委顿,朝不保夕,不得已请求回归故里颐养天年。这篇散文将作者身在仕途,一生踏实谨慎、兢兢业业直到衰年的状态描写得平实而感人,表达了一位老臣迟暮之年的感慨。文中既有"朝露未光,宁堪

● 元·王蒙绘《丹山瀛海图》

长久"等对生命已逝去大半的无奈,又有"知足不辱,臣已足矣"等为身处乱世平安终老的欣慰,真实地反映了一生为官的文人的暮年心态。

魏晋南北朝时期宁波散文主要有两个题材:一是以描写宁波风物与人文环境为主,这些文章充分反映了宁波地理条件的特色、物产丰富的状况以及人文荟萃的兴盛态势,既是优秀的散文作品,又是珍贵的地方历史文化文献;二是抒发对社会政治经济生活的看法以及对人生的感慨和哲理思考,体现出文人积极参与社会生活的责任感,和在生活中乐观豁达的态度。

二、唐宋宁波散文

唐宋时期宁波散文得到了充分的发展,取得了较大的成就。这一时期一方面四明本土作家创作了很多题材丰富的散文作品,同时在四明为官的外地文人也创作了一批与四明相关的优秀作品。

唐太宗非常宠信的文人虞世南(558—638)延续了魏晋六朝余姚虞氏家族的文脉,他生性清廉寡欲,执着向学,是唐太宗"十八学士"之一。贞观年间,虞世南历任著作郎、秘书监等职,因性情刚直,敢于进谏,深得李世民敬重,被称为"德行、忠直、博学、文词、书翰"五绝。

虞世南在散文创作上有很高成就,主要作品有《狮子赋》《秋赋》《琵琶赋》《帝王略论》《笔髓论》等,其中最著名的是以问答体成文的《帝王略论》,具体内容将在本书《家国篇》部分涉及。虞世南散文辞藻华美而又意气风发、神采飞扬,体现出作者激情勃发的生命活力和大唐睥睨天下的盛世威仪。如《狮子赋》中描写了异域向大唐献雄狮,以此突出雄风威震海外的盛况。虞世南不仅诗文创作有非常高的成就,还是一位著名的书法家,在创作杰出书法作品的同时,对书法理论也有颇深的研究,著有《笔髓论》一卷,表现了他对书法深刻而独到的见地。

中唐崔殷是深州安平(今属河北)人,大历八年(773)任明州刺史,曾主持修葺董孝子庙,并撰写《后汉孝子董君碣铭》。董孝子即董黯,是

虞世南

董黯

西汉宰相董仲舒六世孙,东汉时句章县人。董孝子的故事对宁波有重要影响,《后汉孝子董君碣铭》中记载慈溪县(今慈溪市)的命名来源:"故以董孝名乡,慈溪署县。"慈溪以及慈城、慈湖等名称都与董孝子相关。关于董孝子的文字记载,始见于虞预《会稽典录》中收录的虞翻散文《孝子董公赞》。

作者描写了董黯至纯至孝的品性以及坎坷的生活遭遇和孝亲的事迹。虽然少年丧父,生活艰辛,但董黯对母亲的孝敬丝毫未减。他很好地践行了孔子所说的孝敬父母的最高境界——"色难"。文中也描写了带有传奇色彩的情节。董孝子为了医治母亲的病痛携母搬迁,到了新的住处,庭院中溢出泉水供母子饮用;母亲被害身亡后,董孝子为母守墓,祥鸟聚集在林中陪伴他,他的孝心具有感天动地的力量。

这篇散文以饱满的热情赞美了董黯的孝行,作者虽然不是四明人,但身为明州刺史,他深知民风教化在社会稳定和经济发展中的重要性,因而为弘扬董孝子的孝行写了碑文。文中写到董孝子对四明民风的影响和自己写碣文时的情形:"鄮江之俗,薰然遗风。皇唐大历八载,余分竹兹郡,讯古钦贤,环堵已芜,遗记将落。徘徊故邑,尚想余范,则夫子之行可以德类于人,葺宇崇祠,昭铭垂代,岂不务矣。"① 作者认为四明的风俗受到董孝子淳厚遗风的影响,因而在受命为明州刺史之初便去董孝子墓前祭拜,看到先贤墓地已然荒芜,碑文残落,便为之修葺,并撰写此文,表明了崔殷对四明先贤的敬仰以及对人民精神文化修养的注重。

晚唐奉化人孙郃,字希韩,少年时就博学多才且有壮志,乾宁四年(897)进士及第,任校书郎,唐末迁至左拾遗。后朱温反叛夺取大唐政权,孙郃著《春秋无贤臣论》表达愤慨之情,之后弃官归田。朱温是晚唐

---

① (宋)张津等:《乾道四明图经》卷十一,《宋元方志丛刊》第五册,中华书局1990年版,第4964页。

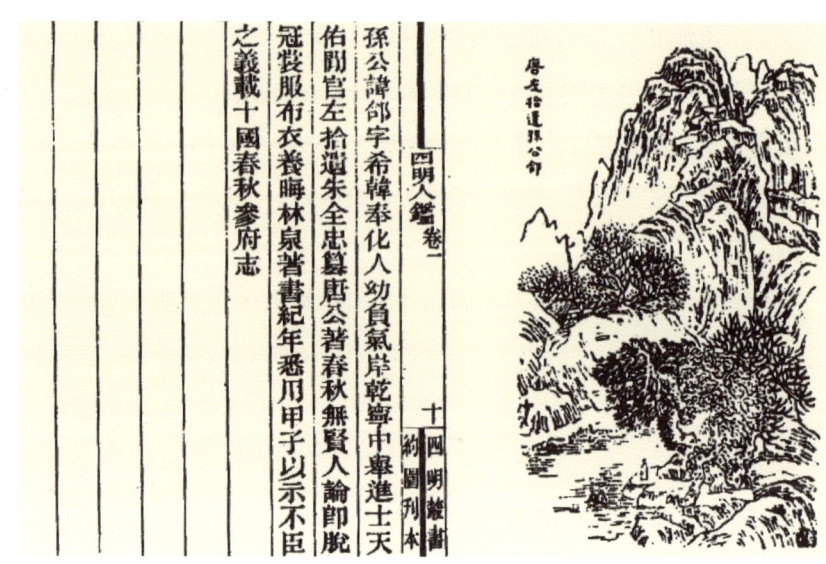

● 《四明人鉴·孙郃》

僖宗、昭宗时的大臣,曾经参加黄巢领导的农民起义军,后归附唐朝,与唐朝将领李克用等人联合镇压起义军有功,被唐僖宗赐名全忠,受到重用,一路高升,势力逐渐加大,最后弑君篡权,使唐僖宗对他的赐名成了巨大的讽刺。在《春秋无贤臣论》中,孙郃借古讽今,用激愤的语言表达了对朱温不忠不义反叛朝廷的抨击以及对唐末藩镇势力过于强大的不满。全祖望说:"《春秋无贤臣论》,以见当时藩府诸臣之无心王室。"[1] 这一评价准确地点出了文章的主旨。孙郃既强调臣子应忠于君主,也认为君主须以仁德之心对待臣民,其撰写的《卜世论》认为以占卜的方式预测一个朝代传国的世数是没有根据的,国家能够长治久安的关键是君主以德服民,表达了君主统治天下应"务从德化""在乎利民"的思想。孙郃的散文语言简洁质朴,内容充实,体现了文人对国家前途的关注与思考。

---

[1] (宋)王应麟著,(清)阎若璩等注:《困学纪闻》,上海古籍出版社2015年版,第218页。

宋代宁波散文作品更加丰富，作家大量涌现，主要散文作者既有以曾巩、王安石等为代表的在宁波为官的外地文人，也有舒亶、楼钥、杨简、袁燮、孙应时、高似孙、孙因、黄震、舒岳祥和王应麟等宁波本地文人。作品在题材上突出了四明自然风物和经济文化特色，也比较注重文人清雅生活的描写。

曾巩（1019—1083）是江西南丰人，字子固，世称"南丰先生"，著有《元丰类稿》。元丰元年（1078）十二月，曾巩受命任明州知州，次年正月到任。在任期间修筑州城，体恤百姓，并着手扩大海外贸易。熙宁二年（1069）知县张峋修缮广德湖竣工，请时任越州通判曾巩作记。曾巩作《广德湖记》，详细地记述了广德湖的地理位置、物产以及兴废的始末，具有很高的史料价值。

广德湖在历史上多次遭遇废湖为田的波折，但到北宋熙宁年间，总体发展却是越来越完善的，从唐代大历年间灌溉四百顷田地，到北宋熙宁年间灌溉田地达两千顷，广德湖对四明农业发展的影响不断加大。这篇散文以平实的语言、清晰的脉络记述了广德湖在屡遭废弃情况下得以保全并扩大的发展历程，并记载了丘崇元、李夷庚、张大有、李照、曾公望以及张峋等几位出色的地方官为治湖做出的贡献。

王安石（1021—1086），字介甫，号半山，江西临川人。他也是一位与四明有很深渊源的作家，庆历二年（1042）进士，庆历七年（1047）受命任鄞县知县。王安石《鄞县经游记》记载了庆历七年十一月丁丑（1047年11月26日）其刚任鄞县县令时的一段行程。为了安排百姓疏通河道，王安石从鄞县出发，在阴冷的严冬历经十余日，"凡东西十有四乡，乡之民毕已受事"，走遍东西十四乡，将疏浚任务安排完毕。全文二百余字，但行程叙述非常清晰，不但记载了公务的办理，还描写了沿途顺便观看到的风景。作者以简练而生动的文字描写了庆历七年冬天的一段经办公务的经历，但并没有单纯记载枯燥的公务，而是在文中穿插

● 宋·马远绘《水图卷》(局部)

了途中的风景名胜。这篇文章既体现出了王安石上任之初便克勤公事、体察民情的责任感，也反映了四明秀美山水所具有的吸引力。

南宋著名学者楼钥的《鄞县经纶阁记》是一篇与王安石治理鄞县的成就相关的散文。楼钥（1137—1213），鄞县人，字大防，自号攻愧主人。孝宗隆兴元年（1163）进士，曾任温州教授、中书舍人、参知政事等职，诗文作品颇丰，著有《攻愧集》一百二十卷。《鄞县经纶阁记》记载了王安石任鄞县县令期间治民有方，政绩突出，因而元祐年间（1086—1094）百姓在县治建"经纶阁"用以纪念王安石的功绩。经纶阁历经百余年已经损坏，到绍熙五年（1194），鄞县知县吴君泰主持修复，邀请楼钥为之作记。楼钥在文中盛赞王安石治理鄞县的卓越成就，并认为王安石对宁波人民有深厚的情感，为宁波经济和文化的发展做出过巨大的贡献。

百余年之后，楼钥仍然为王安石《鄞县经游记》中所体现出的勤政爱民精神所感动，这是因为王安石不仅亲临劳动现场体察民情，还上书上级官员为民请命，并且有很多关于四明的诗文作品传世。北宋庆历年间明州有五位教育家,分别是杜醇、杨适、楼郁、王致和王说,其中楼钥的五世祖楼郁及另外两位先生都与王安石交好,因而更加促进了四明教育的发展。

南宋宁波散文偏重于实用性,正如当代学者张如安所言:"南宋前期宁波文人长于散文创作的不少,但实用散文占据了统治地位,而文艺散文相对来说不够繁荣。"[1] 不过在一些具有实用意义的散文中也体现出了充沛的情感色彩。

南宋遗民作家鄞县人王应麟(1223—1296),字伯厚,初号厚斋,晚号深宁居士。淳祐元年(1241)进士,历任浙西安抚使、吏部尚书等职,宋亡后隐居著书,有《困学纪闻》《四明文献集》《玉海》《通鉴地理考》等。王应麟60岁时创作了《四明七观》,这篇文章描写了四明的风土特色,文章以对话的形式展开,虚构了南州公子和东野先生两个人物形象。从他乡而来的南州公子对四明不甚了解,博学多闻的东野先生从四明山海地形、湖泊分布、山珍海味以及历史名人掌故等方面向南州公子进行介绍。东野先生的阐释主要分为七方面,故名《四明七观》。作品将四明自然风物与历史掌故结合在一起,既是一篇颇有文采的散文,也是非常有价值的四明地方文献资料。具体赏析见本书《风物篇》。宋代宁波散文也非常注重描写作者在日常生活中的体验,文人们在坚持家国理想的同时,也没有忽视对个人生活空间的关注。散文家朱翌(1097—1167),字新仲,号潜山居士、省事老人,舒州潜山(今安徽怀宁)人,绍兴十一年(1141)曾任中书舍人,但因其不依附于奸臣秦桧而被贬韶州(今广东韶关),绍兴二十六年(1156)迁居宁波,在月湖畔建信天缘堂,著有《潜山集》《猗觉寮杂记》等。《信天缘堂记》写于移居宁波、堂屋建成之际,表达了作者达观的人生态度。宁波宋代散文中许多作品从对日

---

[1] 张如安:《汉宋宁波文学史》,中国文联出版社2001年版,第140页。

常生活的观察和体悟中总结出深刻的人生哲理,并对社会现实具有影射性。楼钥《赠种牙陈安上》从擅长医治牙病的陈安上能为患者将病齿更换一新之事联想到古籍中的一些寓言故事,并由此引发深入的思考。

汉代刘向《说苑·敬慎》中记载晋国国君韩须(平子)与大夫叔向之间关于刚与柔的讨论,叔向认为舌比牙存在得长久,因而柔胜于刚。老莱子认为牙因为刚硬而易于磨损,舌因为柔软而能够保全。孔子的孙子子思则认为虽然柔弱可以保全自身,但他并不想以柔弱之道处世,宁愿表现得刚强而舍弃长久。牙齿的坚硬与久存之间的矛盾是无法调和的。但遇见身怀妙术的陈生之后,这一使人困扰的难题有了解决的办法,牙齿可以换新,整齐坚固的牙齿可以伴人终老。作者由此受到启迪,认为刚强是能够长久的,并不是只能带来灭亡。这篇散文全文仅130余字,却有很高的价值。一方面使人了解了南宋高超的牙科医术,另一方面提出了刚强亦可持久这一观点。针对南宋的社会状况,作者含蓄地表达了对家国大事"主战与主和之争"所持的态度。

南宋学者杨简也有很高的散文成就。杨简(1140—1226),字敬仲,慈溪人,曾筑室于慈湖之畔,世称慈湖先生。

杨简散文写景抒情都比较舒朗大气,营造出一种开阔的意境,如淳熙十一年(1184)八月他任浙西抚属时所写散文《莫能名斋记》。作者生动地描写了在斋中四望所见的风景:大江巨浪滔天、风帆片片,两岸青

● 美国弗利尔美术馆藏《西湖清趣图》

山如画、烟雾迷蒙；西湖水明如镜，湖边奇峰茂林，楼宇灯火辉煌。作者形象地描写或大气磅礴或清丽飘逸的风景是为了能够为新建山房命名。但他又认为如果以此种种景色命名，则会迷惑于外物而丧失本心，那样就无法真正体会到江湖山水的本真。而如若不着眼于湖山盛况，转而探寻幽微深邃之境，或寻求事理融合的思路，抑或寄意于悠然超脱无欲无求的情怀，凡此种种作为新斋命名的根据，也是迷惑于外物的表象之中而丧失了本真。于是确定斋名为"莫能名斋"。

杨简的心学思想核心是"无作意"，他认为森罗万象之物不可穷尽，但"意虑不作，澄然如鉴，如日月之光，无所不照而常不动也"。[1]杨简认为一切与人的感觉及思维活动相关的、有差别和是非的具体知识都是意，一切有主客观之分的内容都是意。如果不动意虑，天地自然与人心都会一片澄明。"虚明静一，如鉴中象，自然毕照。"如果人心虚静清明，不刻意去主观臆断，自然与人都会达到和谐的状态。杨简认为"今学者诚尽屏胸中之意说，则自明自信矣"[2]，提倡学者应摒弃对外界的主观臆断，达到心境明达而充实的境界。

杨简《广居赋》描写了作者从三江口移居慈溪后新的生活环境。第

---

[1]（宋）杨简：《慈湖遗书》卷六，文渊阁《四库全书》本。
[2]（宋）杨简：《慈湖遗书》卷九，文渊阁《四库全书》本。

● "广居"(明·孙克弘绘《销闲清课图卷》局部)

一段细致地描绘了慈溪石鱼楼的美景,写了风中之竹,水中之荷,芙蓉秋红,金菊绚烂,未黄的橘柚,满架的葡萄,以及严冬的寒梅和飞雪,景物描写具体而画面感鲜明。之后又描写了他心目中的广居。

广居是杨简虚构的自在居所,它无比开阔,以至于天不能覆,地不能载,漫无涯际,超越于天地之间。想象中的广居描写体现了杨简的心学思想,他与陆九渊的心学有一脉相承之处,认为"宇宙即是吾心,吾心即是宇宙",心之所想能超越时空的障碍,因而广居无往而不在,将天地日月囊括其中。正如张如安教授所言:"这个虚拟的不可言说的'广居',实际即宇宙、即心,是杨简所谓'宇宙即是吾心'的艺术表现。如此,有形的石鱼楼不过是血肉之居,而无象的广居才是心灵的遨游之所。"[1]

杨简的心学思想拓展了散文的境界,他以包揽宇宙的心胸观赏自然万物,体会生活日常,因而在描写中体现出深邃博大的意境。

南宋袁燮《是亦楼记》也是从身边的衣食住行落笔,表达作者对人生的深刻感悟。袁燮(1144—1224),鄞县人,字和叔,号絜斋,和杨

---

[1] 张如安:《汉宋宁波文学史》,中国文联出版社2001年版,第144页。

简一样曾师从陆九渊。与沈焕、舒璘、杨简并称为"明州淳熙四先生",是当时浙东四明学派的代表人物之一,曾主讲于城南书院。主要作品集有《絜斋集》《絜斋家塾书钞》《絜斋毛诗经筵讲义》等。袁燮一生仕途坎坷,但品格清正廉直,心态比较淡泊平和,这样一种心境在《是亦楼记》中鲜明地体现出来。

作者强调人生于天地之间,应汲取浩大清明之气,在修身上要精益求精,以古代先贤为楷模,而不能甘于沦落,与凡庸之人为伍,更不能为懈怠的行为寻找借口,自我安慰"是亦人"。这篇散文体现了作者对物质生活追求的节制和对自我内在修养提升的高标准要求,认为物质享受要适可而止,而在品格修养上不能随波逐流。这既反映了袁燮自身的追求和对子孙的期许,也表现了他对南宋浮靡的社会风气的愤慨之情。

三、元明清宁波散文

元明清时期四明散文呈现出兴盛的态势,不仅作家和作品数量庞大,而且大家迭出,作品题材非常广泛,雅俗共赏,不仅有清雅的人生境界追求的抒写,也有日常生活琐事的记述及审美发现。文人对社会政治经济生活的关注在这一时期也表现得非常明显,尤其是由宋入元和由明入清的朝代更迭时期,文人们对异族的统治陷入不满和愤懑之中,在散文中反映压抑、无奈与怀旧情绪,或者表达九死不悔的抗争精神。这一类作品也是宁波元明清散文的重要组成部分。

文人们常常在散文中表达对高雅、正直的人格的崇尚,描写超越于俗流之上的人物形象。宋末元初戴表元(1244—1310),字帅初,一字曾伯,奉化人,被誉为"东南文章大家",对当时文坛有很大影响,在后世也享有盛名。《四库全书总目提要》之"《剡源集》"条下云:"至元、大

德间,东南之士以文章大家名重一时,帅初一人而已。"① 由此可见其被重视与认可的程度。戴表元的弟子袁桷撰写的《戴先生墓志铭》云:"先生眉目炯耸,慷慨自奋,欲以言语笔札为己任。"② 说明戴表元风神超迈、器宇不凡,而且将文学作为自己毕生追求的事业。袁桷评价其文风:"清深整雅,蓄而始发,间事摹画,而隅角不露。"认为其诗文风格清逸、深厚、严整而雅致,蓄力而发,穿插描摹,含蓄而不露锋芒。戴表元在宋末元初文坛的成就是不可忽视的,他的诗文风格特点与其人生经历密切相关。

　　戴表元散文在描写日常生活中蕴含了对人生深刻的思考,总结出许多发人深省的人生哲理,体现出平淡生活中的人生境界。正如当代学者张如安对其评价:"他的散文跳出了理性一派概念的堆叠和逻辑的演绎,往往在出人意表的议论中系以深沉的感慨,读来颇有情味韵致。"③ 生活在大千世界、芸芸众生之间,作为个体的人要面对各种复杂的境况和难以回避的压力,戴表元能够在平淡的生活中品味人生之美,以深刻的思考将人生中的艰难困苦化为提升人生境界的力量。

---

① (元)袁桷:《清容居士集》卷二十八,《四部丛刊初编》本。
② (元)袁桷:《清容居士集》卷二十八,《四部丛刊初编》本。
③ 张如安:《元代宁波文化史》(上),浙江大学出版社2018年版,第476页。

● 明·仇英绘《桃花源图》

"清"是文人士大夫追求的一种人生境界,并时时表现在他们的日常生活之中。《清容斋记》记载了袁桷对"清"的追求。

袁桷虽然出身富贵,却不享受荣华生活,将自己的书斋取名为"清容斋",每日读古圣先贤之书,追慕先贤之道中所蕴含之"清"。戴氏认为"清容"二字正合于大道之意,道清而能容,正如日月星辰容于苍天,江河清明有容乃大。袁生在日日苦读中学益精,道益明,却忧惧不能为"清",表现出其对"清"的执着追求。戴氏认为如果人能为"清",便可以行不言之教,家邻和睦、闾里逊顺。对"清"的追求永无止境,它能够让人摆脱阻滞,得到清静安和的人生。

元代很多作家都以象征的手法表达了对士人高洁品格的推崇和倾慕,乌斯道的《山木轩记》就是这一类作品。乌斯道(1314—1390),字继善,号春草,慈溪人。由元入明后任石龙县令,明洪武八年(1375)改任永新县令。著有《秋吟稿》《春草斋集》。《山木轩记》写友人崔君将自己所居之轩命名为"山木轩",作者以象征的手法写出了"山木轩"之名的寓意。山上的树木所面临的艰苦环境与生长在平原之树木不同,它们扎根于岩石之中,暴露于风雪之下,然而愈挫愈坚,艰难困苦反而助其成材。崔君以此寓意激励自己不畏困难,专心读书,切勿懈怠,不断提升自己的才学修养与人生境界。"山木"的含义也如《周易·渐·象》

中所云:"山上有木,渐,君子以居贤德善俗。"山上的树木逐渐生长,可以改变山的环境,君子效法于此,逐渐积累贤德,改善社会风俗。乌斯道以简洁有力的语言阐释了山木轩的深刻寓意,揭示了友人对自身修养的严格要求。

明代宁波散文也非常注重对君子高洁人格的弘扬。君子严谨修身对家庭和社会都有积极的影响,而家庭是形成社会的最基本的因素,在家庭伦理道德中孝顺父母是基础,因而孝子的事迹往往受到广泛的关注,如张时彻的《丘孝子传》就记载了一位孝子的传奇经历。张时彻(1500—1577),字维静,号东沙,又号九一,明代鄞县布政张家潭(今属海曙区古林镇)人,嘉靖二年(1523)进士。其累任江西按察副使、山东右布政使、河南左布政使、兵部右侍郎等职。嘉靖三十三年(1554)倭寇侵犯东南,张时彻出任南京兵部尚书。次年因倭寇直逼南京城下,遭御史弹劾,遂辞官归乡。著有《芝园定集》《善行录》等。张时彻散文文风质朴,叙事言情娓娓道来,他笔下的人物传记能将人物风采传神地

● 明·仇英绘《赵孟頫写经换茶图卷》

表现出来。

《丘孝子传》记载了鄞县城东万龄乡邱隘人丘绪寻母的事迹,事情来龙去脉记叙得非常清晰,文笔自然而感人。

作者以细腻的笔触生动地描写了丘孝子的事迹,这篇作品不仅是一篇优秀的散文,对一方民风教化也有非常积极的影响。

明代宁波散文在对君子人格特质的阐释上也常常与日常生活描写相结合,如杨守陈的《茶酒说》就以茶性和酒性象征不同的人格特征。杨守陈(1425—1489),字维新,号晋庵,鄞县栎社杨家(今属海曙区)人。明景泰二年(1451)进士,曾任经筵讲官、侍讲学士、南京吏部右侍郎等职,有《杨文懿全集》25卷。《茶酒说》全文只有140余字,但对茶与酒的特质描写精当,并赋予其相应的人格精神。作者以人们所熟悉的茶与酒象征君子品性中不同的方面,既贴切又形象,在简短的文章中将自己对美好人格的认识完美地展现出来。

文人学者对书籍的喜爱也与其耿介、旷达、天性纯良的特质相关。

清代鄞县人全祖望的《春明行箧当书记》记载了自己初到长安之时,为谋生不得已当书之事,生动地描写了他生性淡泊、嗜书如命的性格特征。全祖望(1705—1755),字绍衣,号谢山、鲒埼亭长,学者称其为谢山先生。清乾隆元年(1736)进士,授官翰林院庶吉士,负责为皇帝讲解经籍,是皇帝身边近臣。一年后,因恃才傲物,得罪权贵,被降职为知县。他愤而辞官,以教书和著述为生,足迹遍及大江南北,曾主讲绍兴蕺山书院和粤东端溪书院。乾隆十九年(1754)移居扬州,在病中坚持著述,次年病亡于甬上。其著作颇丰,撰有《鲒埼亭集》38卷及《外编》50卷、《经史问答》、《困学纪闻三笺》等。全祖望一生最爱书籍,《春明行箧当书记》记载了清雍正癸丑年(1733),二十八岁的作者在长安谋求发展,为生活所迫忍痛当书的情景,以质朴的文字展现出一位在与书相伴的生活中自得其乐的学者形象。

　　元明清时期,宁波散文对文人人格精神有较多关注的同时,很多作品也表达了对社会变乱的激愤而又无奈的感慨。尤其是处于由宋入元和由明入清的历史转折时期,面对少数民族取代了汉族统治的现实,汉族文人大都心中充满抑郁不平之气,这种情感的表达方式或含蓄幽隐,或激昂直露,都有非常强的感染力。这一时期宁波散文不仅体现出文人对

● 明·仇英绘《独乐园图卷》(局部)

社会政治现状及世态民情的积极关注,更体现了他们在社会矛盾中坚守理想与节操的情怀。由宋入元的奉化人戴表元的很多作品都反映了宋末兵乱给人民生活带来的影响,以及蒙古政权统治对文人心理造成的冲击。《洛阳独乐书堂记》在盛世和乱世的对比中抒发了作者对乱离社会的忧思。

宋末战乱对人民生活的影响极大,对国家经济文化的摧残也相当严重。《奉化州学兴筑记》载:"吾奉化犹为县也,庙学栋宇几为兵废,襄贲丁公济来为尹兴之。县既升为州,相距不十年,而垣籓不修,卫防旷空,荆芜被之,蹊隧生焉。"[1] 奉化作为县时,学校被乱军摧毁,后经贤人主持修建而复兴。但不到十年又呈现出一片荒凉的景象。学校的兴废是治世和乱世非常明显的标志,戴表元在家乡奉化学校修建的曲折过程中寄托了对乱世的悲忧。亭台楼阁、园林建筑、学校的荒废皆是兵乱带来的后果,而乱兵之后则是南宋的覆亡。

明代宁海人方孝孺(1357—1402),字希直,号逊志,曾以"逊志"名其书斋,因在汉中府任教授时,蜀献王赐名其读书处为"正学",人称

---

[1] (元)戴表元:《剡源戴先生文集》卷一,《四部丛刊》本。

清·王翚绘《山窗读书图轴》

正学先生。明洪武三十一年(1398)建文帝朱允炆即位，招方孝孺入京，任翰林侍讲学士。明建文三年(1401)，燕王朱棣率军南下攻入南京，当时讨伐朱棣的诏书檄文都出自方孝孺之手。建文四年(1402)五月，燕王进京后，文武百官多投降朱棣，方孝孺拒不投降，被捕下狱。后因不肯为朱棣草拟即位诏书，被灭十族，共计873人。方孝孺被施以凌迟之刑，行刑于南京聚宝门外，时年四十六岁。他的作品集为《逊志斋集》。

方孝孺主张为文"道明而辞达"，他的散文体现了对社会政治问题以及文人道德修养的重视，强调齐家治国的责任感。如在《深虑论》中强调君主深谋远虑，国家才能长治久安。他列举历代兴亡的史实，指出很多君王仅仅吸取前代灭亡的教训，忽略了社会发展规律性的一些问题，而将国家覆亡的原因归结为人不能掌控的天意，这种做法与古圣先贤之道相去甚远。

方孝孺对社会陋习也有讽刺和批判，并在批判中寄予深刻的思想，给人以启迪。《越巫》是一篇具有讽刺意义的短文，文章写越地某巫师自称擅长驱鬼，立坛作法，鸣角振铃，呼叫跳掷，替人治病。患者侥幸病愈，越巫则理所当然地享用酬谢的酒食和钱财；如果病人死亡，越巫则找借口推脱，不承认自己巫术害人。越巫还常常向人夸口说自己擅长"治鬼"，没有鬼

巫师作法(法·禄是遒著《中国民间崇拜》英文版)

敢于向他抗争。有几个少年对越巫的骗人伎俩感到很气愤,趁其夜归之时,五六人分散藏在路边,相距大约一里,等越巫走过,往他身上投掷沙石。越巫大惊,以为是鬼,拿出他的法器,一边作法,一边前行。越巫吓得魂飞魄散,以至于手抖得不能持他的法器角和铃,角和铃纷纷坠地。越巫唯有大叫前行,听到脚步声、落叶声和风声都以为是鬼。最终到家之后,"胆裂,死,肤色如蓝",活活被几个少年吓死。方孝孺的这篇散文反映了越地巫风流行的现实,讽刺了装神弄鬼骗人谋财的越巫,进一步表达了心怀叵测的人害人终将害己的思想。

文人在仕途生涯遭遇的磨难和波折也是散文创作的重要题材。明代余姚人王守仁(1472—1528),字伯安,自号阳明子。明弘治十二年

(1499)进士,授官刑部、兵部主事,正德元年(1506)因上书弹劾宦官刘瑾,被贬贵州龙场驿丞,曾在当地阳明洞讲学。刘瑾被诛杀后,王阳明被重新起用,曾任庐陵知县、南京兵部尚书等职。其著作由门人整理成《王文成公全书》,文成为其谥号。王守仁是明代心学大师,对浙学也有重要的影响。

王阳明散文《答毛宪副》写于被贬贵州龙场之时。毛宪副是贵州提学副使毛科,余姚人,曾聘王阳明到文明书院讲学。明正德三年(1508),某太守差人来到龙场侮辱王阳明。当地夷民仗义相助,将差人赶跑,这样更加激怒了太守。贵州提学副使毛科命令王守仁赴太守府请罪,王阳明激愤而为此作。这篇短小精悍的文章将愤懑不平之情用婉转蕴藉之辞表达出来。开篇曰:"不当行而行,与当行而不行,其为取辱一也。废逐小臣,所守待死者,忠信礼义而已,又弃此不守,祸莫大焉!"王阳明认为自己受辱在先,又要向侮辱他的人请罪,这样做是违背忠信礼义的,他表明自己要坚守忠信礼义的态度。

文人仕途遭际与国运的兴衰有密切的联系。明末清初鄞县人张煌言(1620—1664),字玄著,号苍水,著名民族英雄,史学界将其与郑成功并称。崇祯时举人,官至南明兵部尚书。南明亡后,参加绍兴一带的抗清义师,曾配合郑成功抗清,亲率部队攻下安徽二十余城。清康熙三年(1664),永历帝、郑成功、监国鲁王等人相继死去。张煌言见大势已去,于南田的悬岙岛(今浙江象山南)解散义军,隐居不出。不久被俘,后于杭州遇害,谥号忠烈。张煌言被杀后,尸抛荒野。他的好友黄宗羲收其弃骨,并遵照他遗愿,将他葬于西湖边南屏山北麓荔枝峰下,与岳飞、于谦二墓为邻,互为辉映。张煌言与岳飞、于谦并称"西湖三杰",后人将其传世诗文辑为《张苍水集》。

张煌言散文慷慨悲歌,充分体现出了爱国义士的铮铮铁骨和民族气节。《贻赵廷臣书》作于清康熙三年(1664),当时张煌言被羁押在杭州

● 张苍水手稿

狱中。赵廷臣是清代官员,官居闽浙总督,他曾写信给张煌言,劝其投降清朝,张煌言写此文表明态度。开篇作者鲜明地表达出自己大明臣子的身份,并强调赵廷臣是清朝官员:"大明遗臣某,谨拜书于清朝开府赵老先生台前。"① 在恭敬的语气中流露出不能同流的坚定心态。接下来作者引用确凿的史料,以南宋谢枋得的事迹作为自己观点的铺垫。昔宋臣谢枋得有云:"大元制世,民物维新;宋室孤臣,只欠一死。"以谢枋得遗书之言表明自己宁死不入清廷的决心。谢枋得,字君直,号叠山,信州弋阳(今江西省上饶市弋阳县)人。宋恭宗德祐元年(1275),谢枋得以江东提刑、江西招谕使的身份担任信州知州。第二年信州陷落,谢枋得隐居福建,以卜卦、教书或编草鞋为生。元世祖至元二十六年(1289)被迫北上燕京,绝食而死。谢枋得的事迹对张煌言是一种激励。赵廷臣写给张煌言的劝降信中提到张煌言被俘之前主动解散义军,然后归隐,如果降清就能保命。张煌言在这封回信中语气坚决地表明自己并无半点

---

① (明)张煌言:《张苍水集》第一编,上海古籍出版社1985年版,第40页。

偷生之志，只求速死报国。

张煌言在这封书信中表达了置生死于度外、甘愿为国献身的慷慨之志，敢于为国欣然赴死，这是义士临终前的高歌。

明末清初宁波散文以反清复明为中心内容的作品有很多，张斐的散文也是这类作品的代表。张斐（1625—?），字非文，号霞池，余姚人。他少年好学，不慕名利，明亡后，决意不仕。壮年周游天下，自号客星山人，广交天下义士，图谋反清复明。后经朱舜水引荐两度到日本长崎寻求援助，未获成功，理想落空，回国隐居，不知所终。著有《莽苍园稿》三卷。张斐青壮年时期遭遇明亡打击，一生希望寄托于反清复明，他的散文流露出理想不得实现的抑郁不平之气。其《登高赋》题目之下有自注："九月九日长崎作。"作者慨叹自己遭遇亡国的变故，反清复明之路困难重重，前途陷入一片迷茫。在异国苍茫的夕阳之下登高望远，感慨时光倏忽，转眼已年老。在异国他乡孤独寂寞无法排遣，重阳登高，思念故土，感慨时光流逝、功业难成，无限忧思涌上心头。《登高赋》语言优美，感情沉郁，具有很强的感染力。

国运的转折对文人思想情感的震撼和人生足迹的影响都是巨大的，明末清初之际，有些文人在万不得已的情形之下选择去异国他乡谋求出路，余姚人朱舜水就是这方面的代表人物。朱舜水（1600—1682），名之瑜，字楚屿，晚号舜水。明末贡生，明崇祯十七年（1644）和南明弘光元年（1645）两次被征召出仕，不赴任，故称征君。明亡后长期坚持抗清复明斗争，并几度赴日本寻求援助，无果。1654年参加郑成功、张煌言复明斗争，失败后赴日定居，讲学二十余年，受到日本水户藩主、宰相德川光国的礼遇，奉为国师。卒葬于德川家陵，作品由德川光国父子刊印为《舜水遗书》。

朱舜水散文深沉的思想常常蕴含在清新文雅的文字之中。《高枕亭志》描写日本宰相德川光国于城郊新建"高枕亭"，"茅茨土阶，疏棂越席,不欲殚民力以壮游观,不欲极土木以开侈靡"[1]。德川光国宰相体恤民情,不忍奢侈浪费,修亭以备奔波政务时休息之用,顺便也可在此观察民风民情。此亭命名为"高枕亭",这一名称引起一些人的质疑,认为宰相应该为民生之事辛勤劳苦,而"高枕无忧"则反映了饱食终日、无所用心的安逸状态,这与人民的期盼相违背。朱舜水在文中对这种质疑进行了细致而严谨的解释。他认为宰相能达到高枕无忧的状态是因为一切民生事务尽在掌控之中,对于德川光国这样清明廉洁的人来讲,如果四境之中有民不聊生、怨言载道的情况存在,他怎能高枕无忧呢?因而"高枕亭"是德川为官政绩的反映,也是其毕生的政治理想和追求。朱舜水在国内经历了反清复明斗争的失败,政治理想受到摧残,这篇文章在对德川光国功绩赞美的同时,也蕴含了作者对清明的政治环境的期盼。

　　清代散文中关注政治现状,探究为政能得民心的关键要素的作品很多,余姚人黄宗羲是这方面的代表作家。黄宗羲(1610—1695),字太冲,一字德冰,号南雷,人称梨洲先生,余姚黄竹浦人,黄尊素之子,与

● 黄宗羲《宋元学案》

---

[1] (明)朱舜水著,朱谦之整理:《朱舜水集》卷十六,中华书局1981年版,第489页。

弟黄宗炎、黄宗会号称"浙东三黄"。南明亡后,黄宗羲追随鲁王抗清,明亡后归隐故里,奉养母亲,讲学著书。清康熙七年(1668),黄宗羲讲学甬上证人书院,使浙学发扬光大。其著述颇丰,有《明夷待访录》《明儒学案》《南雷文案》《宋元学案》等。黄宗羲是清初浙东学派的鼻祖,文学思想主张"经世致用",其关注国家大事的论说文尤为著名。散文代表作《原君》是探究为君之道的一篇作品,文中分析了古之为君者与后世为君者的主要不同,认为古代君主大公无私,后世君主以公为私。文章进一步推究了古代天下与后世天下的不同,认为古代以天下为主、君主为客,后世以君主为主、天下为客,君主权力至高无上,他们为了谋求自身利益荼毒天下百姓,导致天下百姓怨恨君主,视其如寇仇。作者阐释后世君主费尽心机为自己经营传世家业,然而这却是祸患的源头,不仅对人民是一种剥夺和压迫,对君主自身而言更具有亡国灭家的威胁。黄宗羲这篇文章以严谨的论证和充实的论据分析了明确君主本职的重要性,体现了其进步的政治思想和深谋远虑。

  元明清时期宁波散文的繁盛与社会政治经济的发展和变化密切相关,宏观的社会背景为作家的创作提供了丰富的题材,文化的兴盛、思想的活跃也间接促使文人以散文的形式将自己的思想情感系统地表达出来。

家国篇

宁波古代散文中有很大一部分作品反映了作者的家国情怀。国运兴衰牵动着文人的情绪，家庭的凝聚力也是文人努力进取的动力。这种家国情怀分为三个层面：其一是对国家和社会的责任感，包括对盛世的自豪感、乱世中忧国忧民的情怀以及易代之际的愤懑和悲忧；其二是对百姓日常生活疾苦的关注，虽然文人士大夫与百姓的生活环境有很大不同，但他们在关注自己的仕途发展或者与同道中人交游唱和的同时，并没有忽视底层百姓的生活疾苦，他们的文章中有很多对这一题材的反映；其三是对家庭的担当和依恋，包括对家风传承的重视、对家人情感的抒发以及对思乡情感的表达。本部分将从这几个层面对宁波古代散文体现出的家国情怀进行阐释和鉴赏。

一、殷勤报阙外

对国事的关注体现出宁波古代文人以天下为己任的责任与担当，无论在朝在野，无论盛世乱世，他们心系天下的胸怀都不曾改变。古代文人对太平盛世有较高的期待，在盛世中，文人们一贯秉持的修身、齐家、治国、平天下的理想容易落到实处，因而他们身处盛世时会表达出发自内心的礼赞，也会对圣明的君主表现出强烈的崇敬与倾慕。

唐代余姚文学家虞世南在贞观年间历任著作郎、秘书少监、秘书监等职，在大唐盛世中感受到震慑四海的国威，他的《狮子赋》描写了异域进贡的神兽，体现出强烈的盛世自豪感。据《旧唐书》卷二十七记载，贞观九年（635）四月，康国向大唐献狮子，虞世南奉诏写了这篇赋，开篇就赞美了大唐君主的威望："惟皇王之御历，乃承天而则大。洽至道于区中，被仁风于海外。通凤穴以文轨，袭龙庭以冠带。舍夷言于蒿街，陈万物于王会。渺渺地角，悠悠嶂表。有绝域之神兽，因重译而来扰。其所居也，岩磴深阻，盘纡绝峻。翠岭万重，琼崖千仞。"① 唐太宗君临天下之后，顺承天意，使大道普化人间，仁风泽被海外，因而异域康国献来神兽狮子。作者以狮子所居之地非同寻常的环境渲染其神奇的身份，在险峻的高山翠岭之中生长的狮子被进贡给大唐，突出了康国对大唐的敬意以及唐帝国的凛凛威仪。作者用细腻的笔触生动地描写了狮子的外貌与体态：

> 其为状也，则筋骨纠缠，殊资异制。阔臆修尾，劲毫柔毳。钩爪锯牙，藏锋蓄锐。弭耳宛足，伺间借势。暨乎奋鬣舐唇，倏来忽往。瞋目电曜，发声雷响。拉虎吞貔，裂犀分象。碎道兕于龈腭，屈巴蛇于指掌。践藉则林麓摧残，哮吼则江河振荡。是以名将假其容，高人图其质。罄其威以凌厉，美其风而赞述。②

狮子的筋骨丰盈，宽阔的胸膛、修长的尾巴、钩曲的利爪、尖锐的牙齿，锋芒尽藏其间。文中对狮子的描写张弛有度，既写了搏杀之前贴耳缓步收敛锋芒的样子，又描写了搏杀中威风凛凛、勇猛无敌的状貌。对狮子神态的描写生动传神，目光如闪电般犀利，声音似雷霆般震撼，因

---

① （清）董诰等：《钦定全唐文》卷一三八，清嘉庆十九年（1814）内府刻本。
② （清）董诰等：《钦定全唐文》卷一三八，清嘉庆十九年（1814）内府刻本。

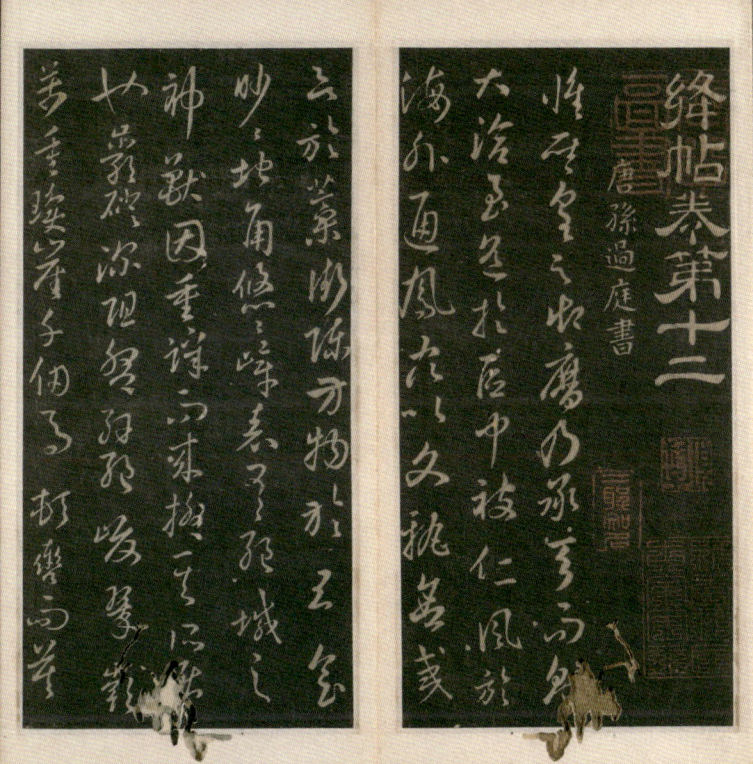

唐·孙过庭书《狮子赋》

而能搏击猛虎、撕裂犀兕、征服巴蛇,它踩踏大地则山林震动,它仰首嘶吼则江河翻涌。

作者描写狮子运用了丰富的修辞手法,有细致的描写,如对狮子皮毛的描写:用"劲毫柔毳"写出了狮毛呈现出的抖擞精神,"奋鬣舐唇"则写出了狮子发威扑杀猎物时鬣毛炸起、舔唇欲试的情景。盛世的豪情通过对异域进贡狮子的描写形象地展现出来。这篇文章体现出了大唐的盛世光辉和作者饱满的自豪感。

家国情怀也表现在对暴虐君主的抨击与对贤明之君的渴慕上,一个朝代兴盛与否与国家最高统治者有直接的关系,因而文人对历代君主的政绩和人格也有所思考和评论。《帝王略论》是虞世南在秦府时撰写的一部通史性著作，也是最早的一部以问答的形式撰写的有关历史评论的专著，全书由事略和评论两部分构成，因而称"略论"。评论采用齐国公子和知微先生问答的形式展开，也即论中的"公子""先生"。但学者多认为"公子"实指李世民，"先生"实指虞世南。其中《纣》这一篇分析了桀、纣成为昏君的原因。开篇"公子"发问，"先生"回答，认为人都有贪图享乐的天性，因而圣人以礼乐进行规范，防止嗜欲过度，但是桀、纣有所不同：

> 彼二人者，非布衣草创之君，拨乱匡时之主，皆以承平继业，渐渍膏腴，外无师傅之严，内阙自然之质；不知稼穑之艰难，罔识前代之成败。及身居南面，血气方刚，富有区中，制御万物，威若雷霆，势逾风火。怒则伏尸百万，喜则赏逾千室。加以丝竹管弦乱其听，粉黛罗绮惑其情，驰骋弋獦愫其心，阿谀谄媚从其欲。偃息于九重之内，沉湎于酒色之间。①

作者借先生之口分析了在承平时期继位的桀、纣二君私欲无穷、荒淫无度、穷凶极恶的原因。此二昏君没有经历立国的艰辛困苦，没有外在的约束和内在向善的追求，也不懂百姓耕植的艰难，不总结前代的经验教训。在血气方刚之年身居君位，任性而行，赏罚随意。加之声色享乐无度，纵情驰骋田猎。奸佞之臣一味阿谀奉承，纵容了其穷奢极欲的昏庸生活。作者理性而明晰地阐释了暴君桀、纣形成的过程，暗含了对贤明君主的企慕之情。文章结尾以激愤的语气对昏庸无道的君主进行了谴责："其闻尧、舜之土阶茅茨，禹、汤之爱人罪己，孜孜然以百姓为

---

① （唐）虞世南著，陈虎译注：《帝王略论》卷一，中华书局2008年版，第32页。

● "驰骋弋猎"（传明·仇英绘《上林图卷》）

心者，则大而笑之矣，安得不绝亡者哉！"① 桀、纣对前代贤君毫无敬佩之意，反而嘲笑他们为了天下百姓自身受苦受难的高尚行为，定然难逃亡国的厄运。这篇文章以沉着冷静的笔触分析了暴君产生的社会背景和自身原因。

明代方孝孺《君职》则表达了对君主本职的思考：

> 天之意以为，位乎民上者当养斯民，德高众人者当辅众人之不至，固其职宜然耳，奚可以为功哉？后世人君，知民之职在乎奉上，而不知君之职在乎养民。是以求于民者致其详，而尽于己者卒殆而不修，赋税之不时，力役之不共，则诛责必加焉。政教之不举，礼乐之不修，弱强贫富之不得其所，则若悯闻知。呜呼，其亦不思其职甚矣！②

---

① （唐）虞世南著，陈虎译注：《帝王略论》卷一，中华书局2008年版，第32页。
② （明）方孝孺：《逊志斋集》卷六，文渊阁《四库全书》本。

方孝孺认为身为君主，担负起养民之责才是顺承天意，以德感化人民是君主的本分之事，不可以此居功。然而后世君主却凌驾于万民之上，心安理得地接受人民的奉养，以苛责之心待民，而忘却了自己本该承担的责任。这篇散文以激切的笔触抒发了对贤明君主的渴慕，抨击了为政懈怠却苛责于民的帝王。在君主专制的封建社会，国家的兴盛、民生的安泰与君主有直接关系，因而方孝孺在《君职》中以犀利的语言条理清晰地阐释了君主的分内之职以及应该避免的一些行为。

宁波古代文人忧国忧民的情怀也表现在对治国方略的思考上，如明代姚涞《送张子行之佥宪陕西序》理性阐释了边塞防守所面临的重要问题。姚涞（？—1537），宁波慈城人，著名军事家姚镆之子。作者在友人张珩（张子行）即将前往榆林任陕西佥都御史时写下此文，向他提出了一些可行性建议：

> 夫中国所恃以安者，边围固也。今吾不能有其固，虏大入则疮痍千里，小入则剽剥数城，即虏以数十骑至，吾拥全军而不敢轻与之角。战非中国之利，亦已久矣。议者或欲植榆柳，以扼其驰，或欲列剑戟，以防其突，或欲高塞垣，以限其入，若可坐而策也。校诸余所闻，则皆所谓画饼之谈也。天以五材济民用，而边鄙之所阙者三。平沙浩漫，深没马足，虽树弗茂弗孳，则木之为用寡矣；短兵相接，铠仗窳楛，所谓铁者，必求之远方而后足，则金之为用寡矣；民多窟处，以就耕牧，虏猝至则立为鱼肉，相与筑壁垒以自固而捄土，在百里之外，则土之为用寡矣。又其甚者，远戍无水，而卜诸雨，近郊无草而刈诸塞，边民冒死以为生。而为之上者，顾欲以书生之说施之，不已疏乎？[1]

---

[1] （明）陈子龙等：《皇明经世文编》，明崇祯华亭陈氏平露堂刻本。

● "虏大入则疮痍千里"（乾隆时期战争铜版画）

姚涞父亲在榆林驻师时，姚涞曾因觐省赴此地，并向军中一些老将请教了当地情况，对敌人虚实、将领特点、地理条件、军伍强弱、军粮供给等方方面面都有所掌握，因而颇有自己的想法。作者认为边疆的稳固是国家安宁的保障，而西北诸镇是边防要塞，朝廷防备甚严。但虽有重兵把守，边境还是不甚安稳，北方少数民族大大小小的势力时常入侵，给边境居民带来很大的困扰，中原军队不敌胡人已是常态。官员们也常常探讨一些稳固边境的办法，有人提议种榆柳以遏制骑兵策马奔驰，有人提议铸造剑戟以阻碍其突击，有人提议筑高墙以防止其进入。作者认为这都是不切实际的空想，并分析了边境地区先天不足的三个薄弱环节：其一是大地黄沙漫漫，即使种树也很难存活；其二是金属稀缺，铸造剑戟从远方运铁困难重重；其三是人民多居住于土窑之中，为防御胡人入侵加固民居，土已被大量使用，以土垒墙也难以实行。不考虑现实条件的空言无益于防守御敌，这是作者忧心之处，因而建议张珩引起注意。同时作者认为戍边治军需注重四方面的职责：

家国篇

> 张子之所治，于四事之责尤重且专，诚有非内地可比者。军吏不得其良，轻于犯禁，一切绳之以法，则诈与贪，皆不可使，而跅弛之士，谁其用之？廪无终岁蓄，吾常节其所施，士恒不得饱，天或夺之岁，则变且不测，而庚癸之呼，谁其禁之？公私困矣，虏复时坏亭障。吾日图所以补其废。苦役之民，至有甘心就虏，而不知归者。民不堪于役，而举烽燔燧之所，谁其修之？一镇之兵，仅满二万，而骑卒则什之三四，私财无以养其力，赏格无以作其气，不战而力已疲，何以使之乐于赴斗？而控弦鸣镝之患，谁其御之？刑难于独任，食难于遥请，役难于频仍，兵难于训养，而食之不给，其患尤甚。①

姚涞认为当时大部分士大夫考虑到自身的利益不愿承担重任，张珩能够去边境任职，承受着莫大的压力。根据边境现实条件，必须治理好关键的四方面。其一要严格治军。狡诈贪婪、不守规矩之人皆不可任用。其二要安顿好士兵的军粮需求。边境仓廪不实，军需匮乏，若士兵不得温饱，则难以有充足的战斗力。其三要协调好百姓日常生计与服劳役之间的关系。胡人常常毁坏边境的军事设施，因而需要百姓维修，人民不堪其苦，应有安抚百姓的策略。其四要鼓舞士兵斗志。边境骑兵较多，给养耗费颇多，而地方常常财力不足，难以保证兵强马壮，士兵缺乏战斗的积极性，如何培养士兵积极的心态也是非常重要的问题。这四个问题都非常棘手，考验为官者的综合能力。作者分析重中之重是要有充足的粮食，民以食为天，军中不可缺粮。

姚涞在深入了解榆林地理条件及敌我双方的现状之后，给张珩总结出非常关键的一些问题。这篇文章条理清晰，有理有据，言辞恳切，表达

---

① （明）陈子龙等：《皇明经世文编》，明崇祯华亭陈氏平露堂刻本。

了对友人赴任边境的关切与厚望。同时说明作者心怀天下,对西北边境有充分的认识,而且能够抓住边境治理的关键问题,具有较高的政治才能。

二、时危见臣节

以今人的视角来看,古代社会经历了中华民族发展的一个完整的历程。先秦到明清,每个朝代都是中国前进旅程中的一个阶段,但在古人看来,他们属于自己所处的特定的朝代。因而在朝代变革之际,文人们常常难以抑制悲凉的情绪,发出对故国衰亡的感慨和叹息,在其他民族取代汉族成为统治者的朝代更迭中,这种情形更加明显。

明清易代之际,文人的心灵受到了巨大的冲击,一些文人不甘屈服于清统治之下,在坚持抗清的同时写下了许多优秀的文章。如明末清初张煌言的诗文大都在抗清的戎马生涯中写成,风格雄浑悲壮,表现出忧国忧民的爱国热情。其《奇零草自序》叙写了自己的诗集《奇零草》成书的过程。作品写于1662年,作者回忆自己自童年起就爱好写诗,父亲担忧他因此废弃经史而加以阻止,但作者仍私下里写作,可见其对写诗的热爱非同一般。科考及第之后,作者交游渐广,往来赠答之作遂丰。后遭遇国难,清兵南下,作者奔波于抗清战争大业,偶有闲暇则以诗抒怀。但乱军之中诗作难以保存,大都流散遗失。作者在序文中描写了自己在抗清战争中辗转漂泊,间或以诗抒发心路历程:

> 余于丙戌始浮海,经今十有七年矣。其间忧国思家,悲穷悯乱,无时无事不足以响动心脾。或提师北伐,慷慨长歌,或避虏南征,寂寥短唱。即当风雨飘摇,波涛震荡,愈能令孤臣恋主,游子怀亲,岂曰亡国之音,庶几哀世之意。①

---

① (明)张煌言:《张苍水集》第二编,上海古籍出版社1985年版,第51页。

● "游子怀亲"(清·查士标绘《查梅壑山水册》)

作者从清顺治丙戌年(1646)开始组织东南沿海抗清斗争,到写这篇序言时已有十七年之久了。其间在乱世中颠沛流离,忧思国家的前途,感慨个人的命运,以诗歌记录战争的经历与拼死挽救故国命运的坚定信念。在故国衰亡的凄惨背景之下,作者更加体会到孤臣无主的恓惶和有家难归的痛楚,因而将积聚于心中的沉痛情感付诸文字,倾注于诗中。但遗憾的是这些诗作历经磨难,遗失于战争的风烟之中:

> 乃丁亥春,余舟覆于江,而丙戌所作亡矣。戊子秋,节移于山,而丁亥所作亡矣。庚寅夏,余率旅复入于海,而戊子、己丑所作又亡矣。然残编断简,什存三四。迨辛卯昌国陷,而笥中草竟靡有孑遗。何笔墨之不幸,一至于此哉![1]

---

[1] (明)张煌言:《张苍水集》第二编,上海古籍出版社1985年版,第51—52页。

清顺治四年(1647)春天,也即鲁王监国二年,张煌言率军至崇明岛遇飓风覆舟,被清军俘获,七日后被人救出,丙戌年所写诗歌不复存在。顺治五年(1648)秋,张煌言到上虞招募义兵,进入平冈山寨,丁亥年(1647)所作诗歌又遗失。顺治七年(1650)夏,张煌言又率军入海,戊子年(1648)、己丑年(1649)所作散佚。本来还残存十分之三四的作品在顺治十五年(1658)舟山被攻陷时全部丢失。作者如数家珍地叙述自己以血泪凝聚而成的作品产生于某年,又遗失于某年,让人感受到爱国文人在国家衰亡之际所承担的责任和忍受的苦难。

1662年,永历帝、郑成功、监国鲁王相继去世,东南沿海只有张煌言孤军奋战。这种恶劣的环境使他背负着巨大的压力,体会到英雄失路、报国无门之悲,因而更想借文字来抒发郁积于心头的国仇家恨,并记录自己多年为抗清复明赴汤蹈火的历程。"年来叹天步之未夷,虑河清之难俟,思借声诗,以代年谱。遂索友朋所录,宾从所抄,次第之。"①张煌言深知复明大业难以为继,意欲以诗歌反映自己和诸多义士舍生忘死的抗争经历,因而竭力从友朋、宾客处搜集自己旧作,并凭借超凡的记忆将散佚的部分作品重新写出,整理出一部诗集《奇零草》。他感慨道:

> 嗟乎!国破家亡,余谬膺节钺,既不能讨贼复仇,岂欲以有韵之词,求知于后世哉!但少陵当天宝之乱,流离蜀道,不废风骚,后世至今名为诗史。陶靖节躬丁晋乱,解组归来,著书必题义熙。宋室既亡,郑所南尚以铁匣投史眢井,至三百年而后出。夫亦其志可哀,其情诚可念也已。然则何以名《奇零草》?是帙零落凋亡,已非全豹,譬犹兵家握奇之余,亦云余行间之作也。②

---

① (明)张煌言:《张苍水集》第二编,上海古籍出版社1985年版,第52页。
② (明)张煌言:《张苍水集》第二编,上海古籍出版社1985年版,第52页。

作者虽然倾尽平生之力投入抗清斗争中,但他仍对自己难以扭转大局而深感惭愧,之所以要费尽心力留下《奇零草》传给后人,主要是受到陶渊明、杜甫、郑思肖等处于乱世之中的前代诗人的影响。他感叹杜甫在安史之乱中虽辗转流离但仍没有废弃诗歌创作,因而后人可以看到诗史的风采;他敬佩陶渊明由晋入宋后不肯臣服于刘裕,在作品中保存晋帝年号;他更惊叹南宋郑思肖在宋亡之后,躬耕吴中,著述《心史》,封存于铁匣之中,投入眢井,直到三百年后才被发现。这几位先贤对故国的赤诚之心,以及他们以作品来记录现实、表达心迹,以期后人能够知晓特殊历史时期真实面目的义举更加激励了张煌言。张煌言不畏艰难、费尽周折整理诗集,使《奇零草》得以传世。取名为《奇零草》的原因是"譬犹兵家握奇之余","握奇"是军阵名,古代阵数有九,四正四奇为八阵,余奇为握奇,为中心奇零者,大将握之,以应赴八阵之急处。作者以"奇零草"象征自己在军旅之中所作诗歌,鲜明地体现出了这些诗歌的创作背景和主旨内涵。

张煌言的这部《奇零草》诗集影响非常大,清代姜宸英《奇零草序》表达了对张煌言的崇敬之情。姜宸英在宁波镇海得到此书,请人誊抄别本,并为之作序。文章开篇渲染了凄惨萧瑟的景色:

> 呜呼!天地晦冥,风霾昼塞,山河失序,而沉星殒气于穷荒绝岛之间,犹能自出其光焰,以为有目者之悲喜而幸睹。虽掩抑于一时,要以俟之于百世,欲使之终晦焉,不可得也。[1]

作者以天地晦暗、山河失序来形容张煌言所生活的动乱时代,以坠落荒岛的明星象征张煌言的遗著《奇零草》,这本诗集虽然一时被埋没,但终究不会失去它的光芒。

---

[1] (清)姜宸英:《湛园集》卷二,文渊阁《四库全书》本。

● "天地晦明"(清·查示标绘《查梅壑山水册》)

  公自督师,未尝受强藩节制,及九江遁还,渐有掣肘,始悒悒不乐。而其归隐于海南也,自置一椑实粮其中,誓粮尽而死。逻卒至门,忽有二猿跳踯哀鸣,牵裾尼之。公乃毅然出就执。既被羁会城,远近人士,下及市井屠贩卖饼之儿,无不持纸素至羁所争求翰墨。守卒利其金钱,喜为请乞。公随手挥洒应之,皆《正气歌》也,读之鲜不泣下者。独士大夫家或颇畏藏其书,以为不祥。不知君臣父子之性,根于人心,而征于事业,发于文章。虽历变患,愈不可磨灭。①

  作者以简洁传神的文字记载了张煌言生平中的重要经历。张煌言坚持抗清十九年,其间虽曾依附于郑成功,但始终保持着自己军队的独立

---

① (清)姜宸英:《湛园集》卷二,文渊阁《四库全书》本。

● 张苍水故居旧影

性,并没有受其节制。但在即将攻打九江之时发生了意外,顺治十六年(1659),郑成功从金门出发率军北伐,张煌言部队作为先锋,连续攻下重镇,直达金陵。张煌言意欲乘胜攻下九江,但郑成功在金陵失利,撤军入海。张煌言孤立无援,部队溃散,返回舟山,因而郁郁不乐。后来永历帝、郑成功、监国鲁王相继去世,张煌言深知复明无望,便解散义军,隐居于南田的悬岙岛(今浙江象山南)。住所有二猿守门,若有紧急情况会哀鸣跳跃以发出警示,但间谍从后门潜入,张煌言因而被捕,并押解到杭州。张煌言在江浙一带有很大的影响力,即使被羁押在狱中,也有远近文人甚至市井小贩争相来向他求墨宝,他挥笔而成的字句有文天祥《正气歌》的气势。但士大夫皆不敢收藏其书,惧怕受到牵连,这也给他作品的流传带来了阻力。姜宸英认为张煌言的人格精神凝聚于其诗文之中,即使他遭遇坎坷磨难,经历世事变幻,其精神也不会丧失丝毫的光彩。作者在这篇序文中着重描写了张煌言反清复明的坚定意志和赤诚之心,在深知复明大业难成之后,他在隐居之地准备一口棺材,并在其中装满粮食,准备粮食吃完之后就去赴死。这种宁死不负大明的坚定与英勇有着震撼人心的力量。

黄宗羲也在其《有明兵部左侍郎苍水张公墓志铭》中形象地描写了张煌言的智勇和胆识。张煌言与郑成功联合抗清之时,在顺治十五年(1658)五月将攻取瓜州。张煌言部队作为前锋,当时所处的环境非常险恶,渡江过程中夹岸皆是西洋大炮。文中形象地渲染了当时的气氛:"炮声雷鞫,波涛起立。公舟出其间。风定行迟,登舵楼,露香祝曰:'成败在此一举。天若祚国,从枕席上过师,否则,以余身为虀粉,亦始愿之所及也。'鼓棹前进,飞火夹船而堕,若有阴相助者。明日,延平始至,克其城。"[1]张煌言的船只穿行在轰鸣的炮火和壁立的惊涛骇浪之中,他在风波稍定的间隙,登上后舱,焚香祈祷上苍保佑,让船只平安过江。但他又表示,即使不能顺利渡江,他的血肉之躯在炮火中化成粉末,那样他也完成了为国捐躯的心愿,可见张煌言复国壮志不容撼动。

这篇墓志铭在记述张煌言生平经历时语言质朴生动,叙议结合,如:评价其人格魅力以"风骨高华,落落不可一世"之语总括,突出了其超脱于世俗功名的一面;又有细节描写,反映出他坚持为复国而抗争的至死不渝的精神对百姓的影响:"公师所过,吏人喜悦,争持牛酒迎劳。父老携杖炷香、挈壶浆以献者,终日不绝。见其衣冠,莫不垂涕。"[2]张煌言是经历国家变故的百姓的精神寄托和希望所在,因而大军所到之处,百姓倾其所有,以示欢迎。黄宗羲这篇散文以深挚的情感和细腻的文笔写出了张煌言传奇的人生经历和超凡脱俗的人格魅力。

---

[1] (明)张煌言:《张苍水集》,上海古籍出版社1985年版,第308页。
[2] (明)张煌言:《张苍水集》,上海古籍出版社1985年版,第309页。

明末抗清名将史可法是与张煌言同样具有民族气节的义士，清代全祖望在《梅花岭记》中记述了史可法在抗清战争中以身殉国的悲壮事迹。史可法（1601—1645），字宪之，号道邻，河南开封人。梅花岭在江苏省扬州市广储门外。明代万历年间，扬州太守吴秀浚河积土成丘，丘上植梅，故称梅花岭。清兵攻破扬州之后史可法殉难，其部下和家人遵其遗嘱，在梅花岭为其建衣冠冢。明朝灭亡百年后，全祖望登上梅花岭，有感于先贤的英雄气度与民族气节，写下了这篇慷慨悲歌、极富感染力的散文。文中叙述顺治二年（1645）四月，扬州被清军围困，史可法深知局势无法扭转，便召集众将告知自己的决定：将与城池共存亡，决意为国殉难。唯恐仓皇之中落入敌手，便托付副将军史德威助其完成殉国大节：

> 二十五日城陷，忠烈拔刀自裁，诸将果争前抱持之，忠烈大呼德威。德威流涕不能执刃，遂为诸将所拥而行，至小东门，大兵如林而至，马副使鸣騄、任太守民育，及诸将刘都督肇基等皆死。忠烈乃瞋目曰："我史阁部也！"被执至南门，和硕豫亲王以"先生"呼之，劝之降。忠烈大骂而死。
>
> 初忠烈遗言："我死，当葬梅花岭上。"至是德威求公之骨不可得，乃以衣冠葬之。①

四月二十五日，江都陷落，史可法准备自裁之时被诸将拦住。史德威也不忍助其殉难，因而陷入敌军之中。后被捕，押至南门，努尔哈赤第十五子和硕豫亲王对史可法以礼相待，劝其降清。史可法大骂，慷慨赴死，留下遗言欲葬梅花岭，但之后史德威无法找到其尸骨，只能将其衣冠葬于此地。史可法就义之后，民间流传其未死之说：

---

① （清）全祖望撰，朱铸禹汇纂：《全祖望集汇校集注·鲒埼亭集外编》卷二十，上海古籍出版社2000年版，第1116—1117页。

> 或曰:"城之破也,有亲见忠烈青衣乌帽,乘白马出天宁门投江死者,未尝殒于城中也。"自有是言,大江南北遂谓忠烈未死。已而英、霍山师大起,皆托忠烈之名,仿佛陈涉之称项燕。吴中孙公兆奎以起兵不克,执至白下,经略洪承畴与之有旧,问曰:"先生在兵间,审知故扬州阁部史公果死耶?抑未死耶?"孙公答曰:"经略从北来,审知故松山殉难督师洪公果死耶?抑未死耶?"承畴大恚,急呼麾下驱出斩之。[1]

有人说扬州城破之日曾见史可法青衣乌帽乘白马出城,投江而死,此后大江南北便传言史可法未死,一些起兵反清义士便托名史可法以增加自己的威望,如英山、霍山义军。吴中孙兆奎曾于1644年赴扬州投奔史可法,后史可法兵败就义,孙兆奎赴吴江。1647年,与同县吴易率领数千人起义抗清,起兵失利,被押至南京。经略洪承畴与之有旧交,问他知晓史可法死了还是没死,孙兆奎反问洪承畴:"你知道当年松山殉难的洪公死了还是没死吗?"洪承畴大怒,指使手下将其斩首。洪承畴如此动怒的原因是孙兆奎讽刺了他兵败降清的不义之举。崇祯十五年(1642),洪承畴部队与清军战于松山(今属辽宁锦州市)。战争失利,当时有传言洪承畴已捐躯,崇祯帝甚表哀悼,准备亲自祭奠,后闻其降清,乃作罢。全祖望以孙兆奎不惜冒生命危险当面冲撞洪承畴的做法衬托史可法在其心目中的地位,他认为忠义者的浩然正气会长留天地之间,无论其人是否处于人世,史可法的人格精神和民族气节产生的感染力永远不会消失。至于坊间流传的史可法未死之说,他认为纯属无稽之谈:

> 即如忠烈遗骸,不可问矣!百年而后,予登岭上,与客述

---

[1] (清)全祖望撰,朱铸禹汇纂:《全祖望集汇校集注·鲒埼亭集外编》卷二十,上海古籍出版社2000年版,第1117页。

忠烈遗言,无不泪下如雨,想见当日围城光景。此即忠烈之面目,宛然可遇,是不必问其果解脱否也,而况冒其未死之名者哉?①

史可法的遗骸虽不可寻,但其衣冠冢同样记录了其舍生忘死、大义殉国的人生经历。穿越百年时空,作者登上梅花岭,与客人谈起当年史可法的遗言,听闻者皆潸然泪下。想象当年城破之时,史可法与扬州城共存亡的场景宛在目前,其意志之坚毋庸置疑,大可不必对其殉国的事实有所怀疑了。全祖望这篇散文以激切的言辞还原了史可法殉国时的场景,并对其后的争议做了入情入理的分析,文笔生动有力,颇为感人。

三、地穷山尽处

民族生死存亡之际,在多种因素的作用之下,正邪力量甚至可以齐心协力,共同完成驱逐侵略者的大业,在鸦片战争中宁波就发生了这样的故事。清道光二十年(1840)七月定海被英军攻陷,二十一年(1841)镇海、宁波失守,英军占据宁波。在这样的历史背景之下,宁波城中被人所厌恶的窃贼居然在抗英战争中起了重大的作用。清代徐时栋《偷头记》讲述了一个颇具传奇色彩的故事,故事的大意是英人侵略宁波时,军中将领巧妙地利用城中窃贼在夜间偷取英军将士头颅,最终将英军驱逐出城,取得战争胜利。

散文开篇记述道光二十一年(1841)八月,英国人占据宁波府,第二年正月,我军攻打英军失利。大军屯兵绍兴,军中一官员舒㕫庵曾在

---

① (清)全祖望撰,朱铸禹汇纂:《全祖望集汇校集注·鲒埼亭集外编》卷二十,上海古籍出版社2000年版,第1117页。

● 英军攻占定海(哲夫《宁波旧影》)

● 英法联军攻打宁波(哲夫《宁波旧影》)

宁波为官，掌握当地地痞无赖的相关情况。一日一间谍被捆绑而至，按军法处置将被斩首。这个间谍非常恐惧，叩头哀求免去一死。舒垕庵认出此人是宁波府中的盗贼，便劝说他与其做间谍而死，不如做盗贼而生，并许以重金厚赏，而做盗贼的生路就是盗来敌军的头颅。不久此窃贼就偷得一颗英国士兵的人头，并因此得到重赏。此事传出，宁波城中的窃贼纷纷效仿，在夜色掩护之下盗取英军将士的头颅。文章形象地描写了窃贼巧妙地取得英军人头的场景：

> 夷之据府城也，夜必巡街巷，两夷先后行，方碟格语笑，后者忽无声，回视之，已失头而仆。前者大骇，僵立，若槁木。俄顷，又失其头。偷儿或着夷衣冠，持竹杖橐橐然曳乌皮屦以来。夷人近与语，遽刺杀之。其生致之也，则以布自后扣其颈，使不得鸣，而绞布两端，负而趋至幽僻，箝口置诸橐，捆之以縋出城。或为夷所见，追之，则负以趋曲巷，追者迷失道，又惧其害己也，废然而返。①

英军夜间在宁波城中巡视时，常常是这样的场景：两个士兵一前一后说说笑笑，忽然后面的一个没了声音，前者回头一看，后面之人已失去头颅倒在地上。前者惊骇之时，也被砍下头颅。窃贼在穿着打扮上模仿英军，伺机接近并取其人头，在条件允许的情形之下也会生擒敌人。除了能在城中窃取人头，文中也详细地描写了在城下盗取城上士兵人头的方法：

> 夷巡视城上，亦往来通夕。群偷数十，各以长藤为环，喑默候城外，闻城上巡者过，为怪声惊之。夷倚堞俯视，遽以藤环钩其头而坠。既坠，塞口中以物而反缚之，而候之如初。城

---

① （清）徐时栋：《烟屿楼文集》卷十六，《续修四库全书》本。

上夷谓坠者误失足，且闻其颠蹶，皆伸头下视，思援之，又尽为偷所钩致，乃始哗然拥所获大笑以去，疾如风。凡城内外之以窃鬼头至者，党日益盛，计日益巧，所获日益众。其奇策秘术，莫得而详也。①

城中的英兵通宵巡城，城外数十个盗贼做成环状长藤，静候巡城者路过，并发出声音对其恐吓。待英兵伸出头俯视城下之时，便抛出藤环钩住其头，使其坠楼，塞住坠楼英兵之口，将其反绑。城上英兵以为同伴失足坠城，纷纷俯视城下，探出的头被城下诸盗贼用藤环套住，英兵被轻而易举地俘获。诸盗贼发明各种秘术偷盗英军头颅，英军因此苦不堪言。众盗的努力并不止于偷普通士兵之头。某天向将军献头时，将军告之如果能得到头领之头，将有百倍于士兵之头的奖赏，生擒头领则可赏万金，封三品官职。但得到英军头领的首级并非易事，文中写道：

> 久之，反命曰："酋未尝夜出，卧邃室而夷军环于外，吾侪趫疾善升屋者，飞登其卧室，密揭瓦窥之，亲见酋至室中脱衣冠入帐而寝，既而下揭帐，空榻也，明夜酋易室，随侦之，如前而空如故。吾侪利其头为奇货，常常夜守之，终不得知卧所。得酋一，不如得群夷百之速而易也。"此时，夷酋虽防护甚谨，不可得而心常惕惕，每日夕即榖觫自惊警，旦日而以失首报者恒数十，或多至百余。白鬼夜出逻往往晓不归，其黑鬼无名籍者，至不可算。由是大惧，尽率其属，登舟而去之。于是大将军以克复宁波府入告，升擢叙录各有差。②

---

① （清）徐时栋：《烟屿楼文集》卷十六，《续修四库全书》本。
② （清）徐时栋：《烟屿楼文集》卷十六，《续修四库全书》本。

众盗为偷得英军头领首级谋划良久,但还是难以成功。因英军头领夜间并不外出,而是藏身于重兵把守的密室之中。众盗翻上屋顶,揭瓦窥探,亲见其进帐安寝,入室寻之则不见踪影,因而往往苦守终夜而无所得。然而虽无法偷得首领头颅,却使其寝食难安,加之每日士兵被偷头者数十人至百余人,在这种威力的震慑之下,英军不得已撤出宁波。

作者对偷头过程的描写跌宕起伏,既描写了众盗令人难以置信的敏捷利落的手法,又写出了他们千方百计难以偷得英军头领之头的无奈。文章语言生动形象,展现了神奇的偷头场景。二士兵"方磔格语笑","回视之,已失头而仆",神不知鬼不觉地被割下了头颅。前面士兵大惊失色,"僵立,若槁木。俄顷,又失其头"。寥寥数语将英军在顷刻之间被偷头的过程呈现在读者面前。这篇叙事散文故事本身就非常具有吸引力,情节跌宕起伏,写出了鸦片战争时期宁波军民齐心协力抗击英军、同仇敌忾的精神与气势。虽然盗贼偷英军之头主要是为利益所诱惑,但他们高超的技艺的确令人叹服,他们在驱逐英军过程中起到了决定性的作用。这篇散文既富于传奇色彩,又具有史料性质。光绪《鄞县志》中记载宁波有黑水党,他们飞檐走壁、身手不凡,徐保为其中佼佼者,后为抗英大军所用,集结其党六十人,出奇计,大伤英人元气,英人只好弃宁波而逃。《偷头记》可与《鄞县志》中的记载互证互补,成为鸦片战争宁波抗英事迹中浓墨重彩的一笔。

四、家世重儒风

四明是人杰地灵之乡,许多家族非常重视家风的弘扬与传承,治家严谨对后代的发展有相当大的影响,使其为官则清正廉洁,造福一方,为民则行为端正,邻里和睦。因而对家风的重视不仅关乎一家一户之事,还是社会和谐、国家昌盛的基础。宁波古代散文中许多作品反映了

家教严明、恋乡重土、重视孝道以及家族的凝聚力等方面内容,如宋代楼钥《跋桐阴韩氏家问》是为韩氏家信所作的跋文:

> 苏魏公尝言:韩忠宪教子严肃,不可犯。知亳州日,第二子舍人自西京谒告省觐,坐中忽云:"二郎,吾闻西京有疑狱奏谳者,其详云何?"舍人思之未得。已诃之,再问,未能对,遂推案索杖,大诟曰:"汝食朝廷厚禄,事无巨细,皆当究心,大辟奏案,尚不能记,则细务不举可知矣。"必欲挞之。众宾力解方已。诸子股栗,累日不能释。家法之严如此,所以多贤子孙也。或疑其言为过,观此《家问》,可信不诬。①

韩家为北宋的望族,在汴京的府门前广种梧桐,世称"桐阴世家"。南宋韩元吉著有《桐阴旧话》十卷,记录其家事旧闻。楼钥这篇散文是写在韩氏家信之后的跋文,以具体事件阐释了韩氏家族家规严明,这部分家信写于韩亿在安徽亳州为官期间。开篇引用苏魏公所言韩忠宪教子之事。苏魏公即苏颂(1020—1101),北宋著名天文学家,韩忠宪即韩氏家族中的韩亿(972—1044),谥号忠宪。韩亿在亳州为官之时,其次子从西京前来省亲,在闲谈时韩亿问起西京有一桩报请朝廷评议的疑案始末,其次子不能答复。韩亿对其责备一番之后再问,次子依然不能道出其所以然。韩亿便拍案大怒,指责其空享朝廷俸禄,却未能对国事用心,盛怒之下将要对其杖责。由此可见韩氏家法甚严,以至于有人怀疑苏颂言过其实。但楼钥读了韩氏家信之后对此深信不疑,因为家信中的内容足见其对儿孙要求之高、管教之严,因而韩氏世代多孝子贤孙。这篇跋文虽然简短,但突出了韩氏家信的中心内容与主要特点,即以教子为中心并体现出严谨的家教和良好的家风。

---

① (宋)楼钥:《攻愧集》卷二十七,文渊阁《四库全书》本。

山海妙心 / 宁波古代散文概览

● 明·仇英绘《桐阴清话轴》

文章结尾既点出了写这篇跋的原因，又突出了家风传承的广泛影响："象山令君犹能守家法，邑事整办，庠序一新，又刊此卷，置之学宫，真桐木韩氏之子孙也。"① 象山县令是桐阴韩氏的后代，受良好家风的影响，为官一方，造福百姓，县邑管理得秩序井然，学校得到兴修，又刊印韩氏家书，并将其收藏在学宫，使韩氏家教的原始资料得到保存，家风得以进一步弘扬。

元代戴表元散文体现出作者对乡土观念非常重视。恋乡重土思想是伦理关系中重要的一面，《西村记》记载了东平乐廷玉居所命名"西村"的原委，认为对故土的眷恋与铭记是士人不忘本的表现，也是世风淳朴的体现：

> 古之达人，以宇宙为乡关，江湖为室庐，云物为躯骸，丘壑为心胸。故有离形独立，逃喧长游，彼其去于人情远矣。而礼法之士訾之曰："人之能免于禽兽之患者，以有群也；群而能安，安而能久者，以有居也；而可一日违哉！"之二说交相攻。彼陋此为拘，此骇彼为孤，虽有所辨，无以决其是非。惟仁人君子之论则不然。于其安而不迁，而有怀土之戒；于其往而不返，而有首丘之劝。故自周公、仲尼以来，虽以怨如屈原，荡如相如，勇如项籍，流离颠倒，志气百折，而父兄桑梓之念，终不能以相忘，而况循循然者乎？②

戴表元认为士人应该处理好四方之志与乡关之思的关系。古之达观者冲破恋乡重土观念，以宇宙为乡关，特立独行，疏远人情。礼法之士则认为人之所以能够避免禽兽为患主要在于"有群"，群居生活能增强

---

① （宋）楼钥：《攻媿集》卷二十七，文渊阁《四库全书》本。
② （元）戴表元：《剡源戴先生文集》卷四，《四部丛刊》本。

「江湖为室庐」（明·黄凤池辑《唐诗画谱》）

彼此的协助，固定的居处也能使人心志安定，因而不可一日违背安居之心。戴表元认为这两种观点都有偏颇之处，仁人君子则能中和二说：对久居一地、受太多束缚不敢离开乡土者，以"君子怀德，小人怀土"（《论语·里仁》）进行启发；对远离故土、一去不返者，以"首丘之思"进行劝导。君子为实现四方之志远离故土，但心中有对故乡、亲人的依恋，便不感到孤独落寞。先贤如屈原、司马相如、项籍等人皆有离乡背井、颠沛流离的生活经历，虽然个性特征各不相同，或忧思深重，或落拓不羁，或骁勇善战，但始终不曾忘却父兄桑梓，普通资质的平常人更应该在身处他乡之时不忘故土。乐廷玉居所有匾书题为"西村"，戴氏不解其意，廷玉解释道:"嘻!吾东平先君子之所庐也。吾家自昌国君有籍齐、赵间,子孙屡徙,而东平之西村,自亳而东三世矣。"①廷玉将居所命名为"西村"的原因是为纪念东平故居,戴氏认为这是不忘本的表现:"余惟廷玉之去西村而仕也,将以行志;仕而不忘西村也,所以存本。其出处去就,合于仁人君子时中之义,而无拘孤一偏之失。推是道也,知其心无所负,他日虽寄千里、托社稷可也。"②士人既能行志又不忘本,故土之思永存心中,这便合乎儒家中庸之道,是可以担负大任的贤者。《会稽唐氏墓记》也体现了戴表元重视亲族关系的思想:

> 古之人,生而间居,死而族葬。故其敦亲重土,昭穆百世而宗不迁。文华虽繁,而侵欺予夺之讼不兴。后之时,国无世家,乡无礼俗。有能仅存而不废者,非上之教,盖系乎其人焉。降及近世,风俗益衰。吾观于士者之家,而三世不别籍者希矣。③

古人生时家族聚居,死后有家族墓地,这彰显了家族亲情的凝聚力,因而支系虽然庞大,但没有互相之间的争夺纠纷。后世礼崩乐坏,家族伦常缺失,而会稽望族唐氏家族谱牒完备,数百年不乱,"于是会稽之士大夫,贤唐氏之子不散其宗,能守其身而孝其亲,复故物而光先献也。曰:'凡有家者,不当然乎?'"④唐氏子孙不忘族谱,延续先人教化,恪守先人遗训,律己严,事亲孝,因而受到会稽士大夫的敬重,成为当地楷模。一个国家是由诸多家庭组成的,因而家族伦常和谐是国家安定的基础,戴氏对家族关系和睦的提倡具有重要意义。

---

① (元)戴表元:《剡源戴先生文集》卷四,《四部丛刊》本。
② (元)戴表元:《剡源戴先生文集》卷四,《四部丛刊》本。
③ (元)戴表元:《剡源戴先生文集》卷五,《四部丛刊》本。
④ (元)戴表元:《剡源戴先生文集》卷五,《四部丛刊》本。

"守其身而孝其亲"（清·俞泰绘《百孝图》）

    与对乡土观念和家族伦常的重视相关，戴表元散文中也体现出对孝道的崇尚。《丹泉墓记》记载番阳银阜叶士心葬母于相传为葛洪炼丹处的丹泉，结庐守候，以至孝之心赢得尊敬："番阳银阜之丹泉，亦相传为葛翁所汲，里人叶士心葬母于其旁而结庐焉，如将终身。既而部使者嘉其行，拔以为左史。士心清通谨恪，与物无竞，自其长其朋其游其所知，一一俱以孝廉称之。于是各为丹泉之歌若文，以发士心之微，非所谓'孝子不匮，永锡尔类'者耶？"① 叶士心不汲汲于功名富贵，而欲为母

---

① （元）戴表元：《剡源戴先生文集》卷四，《四部丛刊》本。

终身守墓,此举感动了掌管督查的官员,官员提拔他为左史。士心清廉、通达、严谨、克己的品性得到周围所有人的称道。时人尤其重视他的孝道和廉洁,纷纷写诗赞美丹泉墓。戴表元引用《诗经·大雅·既醉》中"孝子不匮,永锡尔类"一句表达对叶士心的嘉赏之情,认为上天会赐福给孝顺之人。

清代康熙年间臧麟炳《花源草堂记》记述了自己家族四百年来的耕读传统。臧麟炳,字震青,宁波鄞县桃源乡(今属宁波市海曙区)人。文中叙述先祖旧屋花源草堂建于桃源浣花溪畔的向明街,内藏经史百家典籍。周围景色优美,山光水色相互映衬,修林茂竹翠色欲滴,历代子孙于此读书修身:

> 吾思七世祖仁山府君,徙自迎凤坊,以家于此也,惟以耕且读为事,尚礼迈德,崇文惇行。自是以来,历世相承,足以型家而范族,盖四百余年于兹,文献所传,有不诬者。每当课耕之余,恒手一编,朗哦默会其中。或竟日不出,或夜分不寐。子孙能句读,即董之就学。其间兢兢率迪者,听之怡然。即或声牙未融者,亦委曲引掖之。客至,则或赋诗赠答,或觞咏琴棋,惟其所适。至若云气出没,波涛泛逝,鸟唔铿锵,庭花飘舞,日对以自乐,以助其文章之气,壮其吟咏之声。不特清风明月之下,不忍蹉跎光阴,即其雨雪晦冥之时,似更足以益其神智也。故虽清约若淡,厥修不废,诏厥子孙,以为世守之珍焉。①

迎凤坊在宁波郡城西南(今属宁波市海曙区)。宋代元丰末年,毗陵(今江苏常州市)人臧中立寓居鄞县南湖,为民治病,医术高明。后应诏

---

① (清)臧麟炳等著,龚烈沸点注:《桃源乡志》卷六,方志出版社2006年版,第272页。

「庭花飄舞」（清代画院绘《十二月月令图》）

入朝,治愈了太后呕吐泄泻之症。朝廷出资为其在宁波城中购地建房,臧氏遂定居迎凤坊。臧氏一支后来从迎凤坊迁出,定居桃源乡,成为桃源臧氏。臧氏家族坚持以耕读为本,子孙品德淳厚,成为大家族的典范。文中细致地描写了族人怡然自乐的读书状态,耕种之余,手不释卷,在草堂中聚精会神地吟诵或默读,甚至终日不出或彻夜不眠,可见臧氏家族对读书的痴迷程度。他们非常重视幼童读书能力的培养,子孙初识句读即督促其学习,即使孩童说话还不甚完整,也耐心引导扶持,从事教导的长辈以此为乐事。文中体现了臧氏在教育方法上非常丰富和开放,也善于与客人分享诗书之乐。而且能够将诗书之乐与自然之美相结合,在观云听涛之时,抑或在鸟语花香、清风明月之下,皆可吟咏佳作、摹写美景,即使在阴雨绵绵、雨雪霏霏之际,与诗书相伴更能提神益智,乐趣无穷。因而臧氏虽生活清苦节俭,但对花源草堂一直精心修缮。子孙世代在此耕读,家风得以延续和弘扬。作者在记述草堂的来历及子孙读书的酣畅之状后,点明了写这篇文章的目的是让子孙后代记住先祖创建草堂的良苦用心,无论在何种境遇之中都要振作精神,不废耕读:

> 盖惟学可以明理,惟学不落人后,惟学足以淑身淑世,以上绳祖武,远继昔贤。夫古之圣贤,所以立教而望之后人者,亦惟在乎此。先世宗公之所以望后之人者,亦惟在乎此。①

作者认为学习是立足之本,于己于家可明理进取,于国于民可治世安邦。诗书上承先祖,下启后人,学习可以使家族精神气脉传承不息,这也是先祖能够寄希望于后人的主要原因。这篇文章叙事简洁、生动而又有序,议论严谨而深刻,描写则细腻而形象。文中描写了建筑的古朴:"街北列庐三楹,甃以瓦石,障以门垣。"房屋以瓦石修建,与街道有门墙

---

① (清)臧麟炳等著,龚烈沸点注:《桃源乡志》卷六,方志出版社2006年版,第272页。

之隔。也描写了周围景物的清丽幽静：南面是武陵、蟠溪之水，以"流湍洁净"写水流的清澈明净；西面是凤凰、资寿山，以"耸峙送青"写山的高峻和青葱；背面是一片竹林，以"翛然滴翠"描写其洒脱的姿态和浓绿的色泽。作者笔下的花源草堂是一片让人安心读书的净地，也是延续一个家族精神追求的现实纽带。

家庭是一个人得以在社会上安身立命的基础，好的家风不仅对人的一生有正面影响，也是社会和谐发展的重要因素。人立足于社会需要多种关系的支撑，而亲情是最密不可分的一种关系。

民生篇

一、天地劳何甚

宁波古代散文中体现出了作家对民生疾苦的关注，无论在朝为官，还是在野为民，文人们都有着博大的心胸和开阔的眼界。他们将目光投射到百姓的生活中，与底层人民同喜乐共悲忧。散文中体现出对为民做主的官吏的钦佩之情。宋代王安石《余姚县海塘记》叙述了余姚县知县谢景初在宋庆历七年（1047）主持兴修海塘，拦阻海水潮汐淹没旁边农田这一政绩。"方作堤时，岁丁亥十一月也，能亲以身当风霜氛雾之毒，以勉民作而除其灾，又能令其民翕然皆劝趋之，而忘其役之劳，遂不逾时，以有成功。"[1]在初冬时节凄寒的风霜之中修建堤坝，谢知县不畏劳苦，亲赴现场参加劳作，以带动百姓兴建海塘的积极性，使工程得以顺利推进。王安石称颂其爱民之举：

> 其仁民之心，效见于事如此，亦可以已，而犹自以为未也，又思有以告后之人，令嗣续而完之，以永其存。善夫！[2]

谢知县以其行动证明爱民之心在具体事宜实施过程中所见的成效，

---

[1]（宋）王安石：《临川文集》卷八十二，文渊阁《四库全书》本。
[2]（宋）王安石：《临川文集》卷八十二，文渊阁《四库全书》本。

因而王安石记载下来,以告后世为官者,并希冀其继续完善这一为官之道。王安石认为仁德之人会以人民的疾苦为念,并想方设法将这一理念一代代传承下去。

明代杨守陈《恤民亭记》也是一篇体恤民生疾苦的作品。作者叙述翰林院厅堂的西南角有一亭,乃前人修葺供赏游娱乐所用,虽因年久失修而破旧,但亭尚完好。吴地气候潮湿,好多百姓将米仓中的米运于亭及廊庑通风曝晒,苦于小吏索要贿赂,杨守陈便严加管理,小吏莫敢侵犯。文中写道:"禁奴佮胥隶严甚,莫敢犯。暴米于亭前之小庭,与院后之大庭,夕覆以苇席而不敛,晨卷席而又暴之。"① 百姓曝米得到了方便,辛勤劳作收获的粮食因为储藏不当而霉变的忧虑得以减轻,因而该亭被命名为"恤民亭"。文中详细地描写了农民种田的艰辛:

> 嗟乎!民之苦不可胜道也。予家本农,备谙民苦,姑举其田赋一事略言之。春而耕种,时犹冻寒,手足皲痛不可忍;夏

---

① (明)杨守陈:《杨文懿公文集》卷二十九,《四明丛书》本。

● "民之苦不可胜道也"（明·孙克弘绘《销闲清课图卷》局部）

而粪耘，野日如火，田水若汤，忍热与湿，伛偻爬沙，腰折而指损，或水蝗噬之，棘与磔刺之，流血不止，旱则率妇子灌溉，踏车胝足，竟夕不寐；秋而刈获，必庐于田以防盗，盗或刃之死，负担登场，汗流浃体，疲极而不能休。其服田之苦若是！挽青刈禾，未及一饱，而催租之吏已至。叫嚣隳突，摧窗败扉，为之献酒肴，奉钱帛，获少宽假。后至者益悍，遂詈棰，执缚以见官。官又棰之，流血或见骨。必罄赀破产以输之，岁凶则虽鬻子女犹不给。其纳税之苦若是！①

作者作为一方官员，非常体恤百姓的痛苦，他自述出身农家，深知春种秋收过程中的艰辛，故细致而生动地将农民艰难困苦的生活描写出来。农夫冒着料峭春寒耕种，忍受着手足皲裂的痛苦；在炎炎烈日下耕耘水田，饱受着湿热的煎熬，加之水蝗噬咬、荆棘刺痛，流血不止，苦不

① （明）杨守陈：《杨文懿公文集》卷二十九，《四明丛书》本。

堪言。如遇旱情，则妇女儿童也要参与灌溉，踏车运水，胼手胝足，为保禾苗，彻夜劳作。秋天也难以品尝收获的喜悦，要在田中建屋以看护防盗，面对凶残的盗贼甚至有失去生命的危险。运送粮食的过程更为艰辛，肩挑背扛，汗流浃背，疲惫至极也不能休息。收了粮食尚未来得及以此饱腹，官府已派人来收租，农民只好贿赂官吏，乞求其宽限时日。但后来的催租者愈加残暴，农民不得已倾家荡产上交租税。若赶上凶年，则卖儿卖女也难以凑齐租税之资。

作者历数农民耕种之苦，以多处细节描写形象地表现耕作的辛劳。"伛偻爬沙，腰折而指损"描写耕种水田时弯腰匍匐于泥沙之中、手指被荆棘野草磨损的状态，"叫嚣隳突，摧窗败扉"则描写了毫无同情心的催租吏凶残粗暴、气急败坏地催收租税的样子，"遂罥棰，执缚以见官。官又棰之，流血或见骨"刻画了无法按官府规定的时日交租所遭受的严酷刑罚。作者为自己竭尽全力为民排忧解难感到少许宽慰，他认为为官者应该体恤民情，为百姓解决现实生活中的难处：

> 吾力不能恤其诸苦，随所值而稍恤之，亦庶几古人所谓宽之一分而已。呜呼！天树君而建官，惟以为民也。今官荷君恩，幸不与民偕苦，而坐享饱暖之乐，其所饱粒米，莫非民之膏脂也，胡不少怜其民而稍恤之？且纵奴佮胥隶椎剥之，何其忍耶！民易虐，天难欺，吾未知其终免否也。呜呼！民乎民乎，可无恤乎？官乎官乎，可自娱乎？①

杨守陈认为人民是社会发展的基础，官吏空享俸禄而不为民做主，殊不知自己所领取的俸禄、所拥有的衣食皆为民脂民膏，欺压百姓天理难容。体恤人民是官吏的本职，搜刮百姓纵情娱乐的官吏终将受到

---

① （明）杨守陈：《杨文懿公文集》卷二十九，《四明丛书》本。

· "伛偻爬沙"(《御制耕织图》)

惩罚。这篇散文细腻的描写和深刻的议论相结合,体现了作家的家国情怀。

二、憔悴而难秀

无论盛世乱世,平民百姓的生活都面临着各种困难。宋代慈溪人孙因《蝗虫辞》关注到历代人民被贪官盘剥这一事实。文章通篇以象征和拟人的手法表达主题思想,以对话的形式展开全文。开篇是农人与作者的对话。宋开禧三年(1207)孟冬十月,作者在野外看到农夫在捕捉一物,问之,方知是蝗虫幼子,官府命其捕捉。作者进一步发问:"蝗何负于官而见捕乎?"农人仰天哭泣,悲愤作答:"是害我稻黍,王法之所不

合网式捕蝗(清·钱炘和辑《捕蝗要诀》)

恕。"作者曰："然则吾为若谕之使去,可乎?"孙因意欲以向蝗虫讲明道理的方法驱赶之,农夫欣然应允。于是孙因联络同乡数位贤者,来到田野中,指责蝗虫祸害庄稼会招致天怒人怨,并责其"速去,无久居!"蝗虫则"昂首扬眉趦趦而股鸣",趾高气扬、跳跃欢腾,两股摩擦发出鸣叫。作者仔细听辨,蝗虫曰："今为害者岂我乎?牟人之利以厌己之欲者非蝗乎?食人之食而误人之国者非蝗乎?利口而邦之覆、磨牙而民之毒者非蝗乎?"蝗虫认为为害百姓的不仅仅是它们,人类中的"蝗虫"数不胜数,有损害百姓利益以满足自己私欲之人,有吃白饭而误国之人,有颠覆国家、荼毒百姓之人,这些都是人类中的"蝗虫"。之后作者列举从夏商周到汉代的奸佞之臣，认为这些人在危害人民上丝毫不亚于蝗虫，直说到唐代的盛世状况：

> 虽唐之贞观、开元间，号多乐岁，蝗未息也。呜呼！其为害三千余年矣。跼跼跃跃，实繁有徒，去之复生，芟之愈芜，其庸有既乎？必有良史特书屡书，而胡独罪予？且夫节按常程，无非急征、鬻狱、卖判，价随重轻，外托公计，内为己赢。若是者，不谓之蝗可乎？柜金囊帛，峙如山岳；封馈苞苴，道涂盘错。一筵之费，或至千索。咀嚼已竭，未厌溪壑。不稼不穑，取禾三百。若是者，不谓之蝗可乎？大昕会朝，崇朝退食。水珍陆羞，映照巾幂。是中其谁？羔羊正直。乘马从徒，呵哄塞衢。鸣玉曳履，锵锵步趋。明旦封事，问之则无。月糜都内钱，日虞太仓粟。辅郡致醇醴，京府饰居屋。休问坎伐檀，不论鼎覆𫗧。若是者，不谓之蝗可乎？①

蝗虫以激愤的口吻表达了对人类社会的看法，它认为历史上无论盛世乱世，人类社会中都有蝗虫的存在。大唐贞观之治、开元盛世是世人公认的"乐岁"，但蝗虫没有止息，官府按规程的一些行为实际上对百姓也会产生危害，如提前征税、受贿而枉断官司、以赃款的多少来加重或减轻罪犯的刑罚等。如此种种，表面上是为公家考虑，实则是贪官为自己的利益打算，这与蝗虫危害百姓并无二致。很多官吏靠贪污腐败来充实自己的府库，用柜子盛金银，用口袋装绸缎，收到的贿赂礼品堆积如山，一顿饭要花费上百万钱，虽然吃穿用度上已然奢靡，但仍不满足，欲壑难填，这难道不是蝗虫的行为吗？表面上刚直不阿的朝臣早起上朝，退朝之后享用山珍海味的宴席，出行则气宇轩昂，随从前呼后拥，尽显

---

① （清）董兆熊：《南宋文录录》卷二，苏州书局光绪十七年（1891）刻本。

重臣的气派，但在递交给皇上的奏疏中却空洞无物，不言国事。享受着国家的俸禄，却不为国为民谋事，这些朝臣也是蝗虫之类。之后又历数冗兵之蝗、吏胥之蝗、僧尼之蝗等，并控诉道："凡此皆人其形，而蝗其腹者也。"以人形的外表而行蝗虫祸害百姓之事，而且其为祸程度远甚于蝗虫，"然则丰年富岁，常有数十百万飞蝗在天下，咋人骨髓，岂特食稻黍而已！"

孙因借蝗虫之口抨击了社会的种种弊端，想象奇特，语言犀利，对社会上不合理的阴暗面分析得条理清晰，很有说服力。文章的结尾在表述上非常巧妙，蝗虫有言：

> 况害稼者有时，害民者无期；害稼者遇官吏如鲁中牟，则不入境。今圣天子齐明洁蠲，至诚动物。我虽无知，将率我族类而远迁矣。然我辈虽去，民终未得晏然也。使若属未殄，天下宁有丰年乎？①

蝗虫表示它们为害庄稼亦有期限，而且遇到鲁中牟这样以德治民的官员，它们就不会入境。如今大宋天子德行清明，因而它们会撤离此处。作者这样写一方面点明了以德治民的重要性，另一方面也保护自己不被别有用心的小人抓住把柄，并因此陷害他。但作者又以蝗虫口吻说出那些人形蝗虫不灭绝，天下便不会有安宁之日，这对宋代统治者也有警示作用。

在我国以农耕为主的古代社会中，百姓的生活质量与天气状况有密切关系。明代方孝孺《里社祈晴文》描写了农民在秋收之时遭遇连绵阴雨，成熟的庄稼被雨水浸泡，作者担忧农民一年辛勤的劳动成果付之东流，因而祈求神灵保佑，让乌云散去，雨过天晴。这篇散文篇幅短小，但

---

① （清）董兆熊：《南宋文录录》卷二，苏州书局光绪十七年（1891）刻本。

● 向神灵祈祷（美·项美丽著《故事绘画中国》）

内涵丰富，表面是向神灵祈祷，实际上体现了对现实的有力批判：

> 民之穷亦甚矣！树艺畜牧之所得，将以厚其家，而吏实夺之。既夺于吏，不敢怨怒。而庶几偿前之失者，望今岁之有秋也。而神复罚之，嘉谷垂熟，被乎原隰，淫雨暴风，旬月继作，尽扑而捋之。今虽已无可奈（何），然遗粒委穗，不当风水冲者，犹有百十可冀，神曷不亟诉于帝而遏之？吏贪肆而昏冥，视民之穷而不恤，民以其不足罪，固莫之罪也。神聪明而仁闵，何乃效吏之为，而不思拯且活之？民虽蠢愚，不能媚顺于神，然春秋报谢以答神贶者，苟岁之丰未尝敢怠。使其靡所得食，则神亦有不利焉。天胡为而不察之？民之命悬于神，非若使之暂而居、忽而代者不相属也。隐而不言，民则有罪，知

而不恤,其可与否?神尚决之。敢告。[1]

作品开篇一针见血地点出人民生活困顿的状况,用一个"甚"字强调了百姓生活在水深火热之中。接下来分析了民生如此艰难的原因,一方面是官吏的盘剥,另一方面则是自然灾害的发生。百姓本想通过耕种和养殖改善生活条件,但辛劳所得皆被官吏剥夺。他们对官吏的压迫只能忍受而不敢反抗,只有寄希望于秋后的收成,不料稻谷成熟之际因秋雨侵袭而无法收割,这种情况无疑是雪上加霜。因而作者代农民向神灵祈祷,希望能将残存的庄稼留给百姓。他控诉官吏的贪婪和昏聩,期盼神灵能有仁慈之心。作者诚恳地向神灵祷告,将所有的希望寄托于神灵的护佑,从另一方面衬托出对官府的失望与不满,反映了在灾荒之年官吏不仅不能为百姓除烦解忧,还徒增负担的社会现实。这篇短文表面是向神灵祈晴,实则以激愤的语言抒发了对现实的不满之情,体现了对底层百姓生活疾苦的关注,作者内心深处希望百姓生活能得到官府的重视。

清代黄百家《田草赋》是一篇有象征意蕴的散文,田草的茂盛象征小人得势,君子受到压制,其中对农夫之苦的描写也非常生动。黄百家(1643—1709),原名百学,字主一,号不失,又号未史,别号黄竹农家,余姚通德乡黄竹浦(今属梨洲街道)人,黄宗羲第三子。自幼博览群书,研习天文、历法、数学,曾续修其父之《宋元学案》。《田草赋》中有对农民生活艰辛的感叹:"羌民生之为业兮,惟农夫为最劳。夏暑雨而流金兮,冬祈寒而折胶。日匍匐于畦町兮,虽勤劬而莫号。况灾荒之荐臻兮,兼赋敛之贪饕。"[2]作者描写了农夫冒着酷暑严寒在田间劳作,为经营生计日日匍匐于垄亩之上,还要承受天灾及赋税的压力和威胁,其人生之沉重

---

[1] (明)方孝孺:《逊志斋集》卷八,文渊阁《四库全书》本。
[2] (明)方孝孺:《逊志斋集》卷八,文渊阁《四库全书》本。

● "欲尽殪此柔苗兮"(清·张廷玉等纂《钦定授时通考》)

可想而知。作者感叹田中荒草难以除尽,柔弱的禾苗受到遮蔽:

> 奈硗瘠之久芜兮,厥草蓁蓁。纷总总其状类兮,据我田畛。欲尽殪此柔苗兮,惟尔类之独存。……凡兹草之为类兮,固悉数而难殚。要尔性之相近兮,就大凡而为言。盖一长而一消兮,何能听尔之纷繁?独怪天之生物兮,惟尔类之独厚。嗟我苗之日护兮,尚憔悴而难秀。何惟尔之务去兮,乃不植而愈茂。因知天之恶善而好淫兮,自前世而固然。彼好修之蹇蹇兮,俾窘步而不前。乃捷径而昌披兮,尽青紫之蹁跹。[①]

林林总总的荒草占据了农田,似乎要吞噬禾苗,独霸田野。作者慨

---

① (清)黄百家:《学箕初稿》卷一,《四部丛刊初编》本。

叹造化不公，赋予杂草如此强大的生命力。这篇散文虽然主要是以田草肆意横生象征小人当道，抨击君子不能得志的社会现实，但其中也体现出对农民田间劳作的辛苦的描摹。作者慨叹杂草难以除尽，农夫费尽心力呵护的禾苗依然柔弱憔悴，这为耕种带来了困难。作者在抒发社会对贤人不公的悲愤之情的同时，也表达了对民生疾苦的关注。

清代郑梁《军灶述》记述了灶户的生活状态，军灶是以军队编制而从事煎盐劳动之人，这篇散文一方面体现了他们生活的悲惨，另一方面描写了在条件得到改善之后却不重礼乐诗书而带来的后患。文章虽只有寥寥三百余字，但对社会现实和民生疾苦的反映相当深刻。开篇云："天下之人皆民也。而明制有军民灶匠之别，不幸而不得为民，则受累往往不可言，此真三代以后之厉政也！"①作者慨叹明代的军灶籍与民灶籍的待遇殊异，民灶尚能苟且度日，而军灶则苦不堪言。虽然文中没有具体描写如何受苦，但作者认为这是夏商周三代以来最暴虐的政令，这足以说明军灶籍百姓生存的艰辛。但后来情形有所变化，文中写道：

> 吾宗元时故灶户，至明而复加以军，艰难困苦，有先人受之，后人不忍闻之者矣。然而忧患之中，吾先人亨屯干蛊三百年间，遂能以诗礼簪缨为四明望族。自彭凤仪理盐以来，免差赡荡，灶户之困渐苏。……以今较昔，不可谓不幸。然而数十年来，农不勤耕，士不乐读，孝悌忠信之风，礼乐诗书之泽，几于子虚乌有，岂非生于忧患者，死于安乐哉！②

作者追述元代东南沿海开始有民灶，这一点有相关资料佐证。民国洪日湄所编《汉塘洪氏支谱》中《灶宅考》云："按慈邑东北海滨，灶户之

---

① （清）郑梁：《寒村诗文选·寒村杂录》卷二，《四库全书存目丛书》本。
② （清）郑梁：《寒村诗文选·寒村杂录》卷二，《四库全书存目丛书》本。

煮海为业(元·陈椿撰《熬波图》)

民煮海为业。元大德间,鸣鹤场沿海灶丁逃亡,因籍山南水乡殷实民户补充灶役。吾乡之设灶户,实在此时。"位于慈溪鸣鹤镇的海盐产场是宋代咸平年间所设,最初由官府指派的灶丁负责煮盐,但由于有些灶丁逃亡,元代开始将一些富足的民户纳入民灶,到明代又增加军灶。作者自述先人在元代为灶户,明代成为军灶,忍受了各种后人闻所未闻的艰难困苦,但在忧患之中不废诗书,克服万难,最终成为四明望族。明弘治二年(1489),彭韶(字凤仪)巡视浙江,兼理盐法,上疏言灶户之苦,后灶户处境有所改善。但作者发现虽生活之苦得以缓解,但人们疏忽于忠信,懈怠于耕读,世风日下的现状使作者产生了忧虑,因而以《军灶述》记载先人所遭遇的磨难,并以此激励后来者勿忘祖先创业之艰。

三、寒色清松冷

宁波古代散文对民生的关注除了表现在对底层百姓的体贴和同情，还表现在文人对自身在特殊历史时期或者不寻常的家庭状况之下所遭受的痛苦生活。宋元易代之际，文人不满于蒙古统治者对汉人的压制，含蓄而深沉地抒发内心沉痛的情感。宋末元初戴表元生逢乱世，经历了易代之变，辗转飘零，社会的动荡和自身遭际的坎坷既给他带来了身心的磨难，又使他积累了创作的素材，郁积了创作的激情。元代蒙古人取代汉族成为最高统治者，元代统治者将人分为十等，文人排在第九，故有"九儒十丐"之说。由宋入元的文人深刻体会到民族歧视带来的痛苦，戴表元的散文中鲜明地体现出宋亡在文人的心灵上留下的伤痕，《乔木亭记》记载了清河望族张君的生活变故及心理状态：

> 乔木亭，在清河张君燕居之东。张君望清河，籍西秦。其先世忠烈王，尝以功开国于循而邸于杭。子孙五世，而所居邸之坊，至今称清河焉。余儿童游杭，见清河之张方盛。往来轩从，趋盖填拥，岁时会合，鸣钟鼙（鼓），笙丝磬筑相宴乐。飞楼叠榭，东西跨构，累累然无闲壤。岂惟清河，虽它贵族，盖莫不然。如此不数十年，重来杭，睹宫室衣冠，皆非旧物。他族亦皆湮微播徙殆尽，而惟清河之张犹存。余尝登所谓乔木亭而喜之，风烟蔽遮，林樾清凑。美乎哉！其可以庶几古之故国乔木乎？主人对余而叹曰："嗟乎！吾乔木者乎？是亭者，几不为吾有，吾幸而复得之。吾生于忠烈之家，自吾之先，未尝无尺寸之禄。当其时，出而逸游，入而恬居，耳目之于靡曼妖冶，心体之于芬华安燕，故未尝知有乔木之乐也。自吾食贫，

● "风烟蔽遮,林樾清凑"(明·孙克弘绘《销闲清课图卷》局部)

不免于寒暑饥渴之患。吾之处世不待倦而休,涉世不待困而悔,日夜谋所以居吾躬者百方,欲复畴昔之仿佛不可得,时时无以寄吾足,骋吾心。则瞰好风景佳时,取古圣贤之遗言,就乔木之旁而讽之。其初不过物与意会,久而觉其境之可以舒吾忧也。为之徘徊,为之偃息,为之留连,不忍舍去。故倦则倚乔木而憩,闷则扣乔木而歌,沐则晞发于乔木之风,卧则曲肱于乔木之阴。行止坐卧,起居动静,无一事不与乔木相尔汝。盖吾昔也,无求于乔木,而今者,知乔木之不可一日与吾疏也。吾是以必复而有之。"①

乔木亭在清河张君居处之东,为张君所有。张君是忠烈王之后,戴表元幼时曾经目睹其在杭州的府邸富贵豪华的场面,轩车往来、钟鼓齐鸣、丝竹之声悦耳,飞楼叠榭无比华美。但几十年之后,作者再次见到张氏之居,见其完全失去了昔日风采,宫室衣冠皆不复从前,往日豪贵

---

① (元)戴表元:《剡源戴先生文集》卷二,《四部丛刊》本。

门第如今一片萧条。发生如此巨变的不仅张氏一家,其他豪贵亦然。戴氏以乔木亭为中心,细腻地描写了主人张君面对如此变故的感叹。张君回忆其家道昌盛之时沉浸于荣华富贵的享乐之中而不知乔木带来的乐趣,而时移势迁,国家的变故对高门望族的生活产生很大影响,经历兵灾浩劫之后,门庭萧条,繁华不再。此时心中孤独无聊无法消解,则于乔木之下读古圣先贤之书,方才体会到在乔木之下精神与天地自然合一,有舒心解忧之效。乔木历经历史的变故而依然挺立,这种境界给在乱世中饱受煎熬的人们以鼓励和启迪,张君也因此寻求到了心灵的解脱。这篇散文在平淡的语言中蕴含了浓郁的感伤情绪,以细腻的笔触描写了昔时繁华和今日萧条的场景,并对乔木亭主人的语言进行了生动的记述,景物描写和语言描写相结合,反映了在特殊的历史时期文人的命运紧密地和国运相连的状况。

明代戴澳(1578—1644),字有斐,号斐君,奉化人,万历四十一年(1613)进士,曾任应天府丞,著有《杜曲集》。戴澳散文文笔非常细腻,其《送内云阳述行》写了自己在南京为官,原本携家人同来,但俸禄微薄,难以支撑全家消费,因生活所迫在丁丑年(1637)二月冒雪送夫人前往云阳(今江苏丹阳)的经历,文中形象地描写了路途中的艰辛和寒冷:

> 出通济门,天渐阴寒,午饭淳化馆,有雪意。至土桥,且暮,又微雨,异人苦泞。漏下二鼓,始傅句容城,呼门良久,始得入。路益黑,一步一滑,入一空馆,四壁皆破。良久,得一灯,老稚自奥中出,皆冻饥无人色。一官既冷,动与冷俱。①

作者携家带口在阴寒的冬日出城,路上雨雪交加,道路泥泞,深夜时分方到句容城。城门关闭,呼叫良久,才得以进城。在漆黑湿滑的路

---

① (明)戴澳:《杜曲集》卷九,明崇祯刻本。

上艰难行进,寻到一个破旧的旅馆,家人饥寒交迫,戴澳为不能给家人提供稳定的生活环境而愧疚自责。一夜大雪,第二天清晨继续赶路,路滑难行,落日时分到达白兔镇(今江苏句容市东郊)。作者描写夜宿白兔镇的情形:"句容馆无壁,白兔馆竟无墙,路人举头皆得见坐卧处,觅一屏障,了不可得。乃环舆为墙,连帷为壁,从者轮更逻其外,仅得假寐。"① 在白兔镇居住的旅馆只是一个棚子,四周无墙,想借一个屏风遮挡而不可得,不得已便将所乘之车环绕周围,以帷幕遮挡,熬过寒冷的一夜。经过艰难的旅途奔波,作者终于将妻子护送至目的地,自己第二天便返程。文中以细腻的笔法描写了返程途中的所见所感,突出了迟暮之年因生活所迫家人离别的无奈与感伤:

> 丙子,与妻子别,独西行,登津楼,望见舟中,目送未已,为伫立久之。因念余与宜人皆垂老此别,得会与否,皆不可知。登车悒悒,愈远愈难为心。比望见白兔镇,忆昨举家宿此,今独偕影来,柔肠如搅。比入荒馆,谛视环舆连帷处,一一如昨,终无一人可呼而出,不觉堕儿女子泪。②

与妻子作别之后,作者独自返程,在渡口登楼远眺,感慨万千。想到与妻子垂老别离,不知能否再见,难掩无限感伤。登车前行至白兔镇,回忆来时情形,如今形单影只,不禁伤心落泪。作者以饱含情感的笔墨描摹了暮年人生境遇,使人为之动容。

处于仕途中的文人在遭遇家庭变故时所受到的生活磨难往往是超乎想象的,清代万承勋《冰雪集自序》就记录了自己在亲情的支撑之下才得以度过艰难岁月。万承勋(1670—1730),字开远,号西郭,鄞县人,

---

① (明)戴澳:《杜曲集》卷九,明崇祯刻本。
② (明)戴澳:《杜曲集》卷九,明崇祯刻本。

万言之子,黄宗羲孙女婿。父万言为万斯同侄,官五河知县,得罪权贵,被判死刑。万承勋奔走万里,哀求当世贤大夫,以赎金救其父出狱,自此以孝闻名。清雍正五年(1727)保举贤良方正,授直隶磁州知府,为官勤勉,因劳累卒于任上。

此文作于清康熙四十二年(1703),作者以沉痛而细腻的笔触叙述了《冰雪集》创作的背景和自身坎坷的经历,在困顿的人生境遇中父母是他的精神支柱。开篇作者感叹:"呜呼!不孝方不欲为人,何惜此区区之诗?然不忍没吾母之教也。"此句沉痛而真挚的抒情表达了母亲的教诲在作者诗歌创作中的激励作用。文中以简洁的语言叙述自己一家坎坷的经历,从作者儿时第一次写诗开始写起。康熙十八年(1679),父亲入京编修《明史》,虽然家境贫寒,但母亲依然在家请先生教授其诗书。康熙二十七年(1688)祖父携其母子奔赴父亲所在的五河县治(今安徽蚌埠市),时年作者十八岁,父亲让他写诗慰劳母亲,母亲甚是欣慰。但后来一家人遭遇了巨大的磨难:

> 辛未,父遭白简锻炼成狱。三四年中,母命行乞海内,酿金告赎。当是时父困缧绁,母疲橐饘,只影踽踽,悲号泪尽,而诗出矣。至甲戌,父母生还,覆巢完卵,艰不得食。辛巳,复严追熟镘。秋风落日中,床上别父,灶下别母,跟跄出门,而诗境愈惨。至京师,曩时仗义如东海徐大司寇者,零落殆尽,思自投西安狱。入关,父门生李耀州再力救之,得脱。走马中原,放舟长江,啸歌以归。①

康熙三十年(1691),父亲遭人陷害入狱,作者奉母命

---

① (清)万承勋:《千之草堂编年文钞》,《四明丛书》本。

奔走四方为父筹集赎金。当时父亲入狱,母亲为衣食所累,弱冠之年的万承勋独自一人奔走他乡,困顿不堪,遭际的苦难促使他进行诗歌创作。康熙三十三年(1694),作者营救出父亲,历经挫折之后,生活举步维艰。康熙四十年(1701)又大祸临头,万承勋辛苦谋得的为父赎罪的钱上交后被陕中吏胥侵吞,仅上交一半,陕西巡抚继续追缴。作者于萧瑟秋风之中告别父母,再次踏上筹款之路,人生陷入更大的困境之中,凄惨、孤寂与愤慨之情在诗中一览无余。到京师之中,从前慷慨相助的可依靠之人已难以寻觅,作者不得已想赴西安投案。已入关,幸得父亲门生仗义相助,得以摆脱牢狱之灾。文章生动地描写了几经周折、辗转飘零才得以归家的场景:

> 归时小除,夜半,大呼叩门而入。父惊喜堕床下,母闻从者异乡音,恐捕者偕来也,手摸索帐后不得出。痛既定,出行箧所有,诵之母前。母且泣且笑曰:"儿即荣我以告身,犹无此乐也。"奈吾母以十日九病之躯,前后熬煎汤火中,间丧我王父,兼殇我一妹、两男、二女,疾病死亡,靡岁不有。昨方幸万死一生,生男复夭。父得风患,母闻不孝夜吟至"病愁残腊斜阳短,寒对西山积雪长"句,叹为不祥。甫及春而母殁,殁无一语。呜呼!今弃不孝十阅月矣。①

作者在除夕前日夜半归家,家人团聚,悲喜交集。作者取出自己在奔波飘零的旅途中所作之诗,为母诵读,母亲感慨落泪,以此为人间至乐之事。但家庭遭遇的磨难作者难以承受,其间亲人接连去世,父亲患风疾,母亲以衰弱病体苦苦支撑,最终在第二年春天去世。母亲去世十个月之后,万承勋在悲痛之中写成此文。文中的细节描写非常感人,写

---

① (清)万承勋:《千之草堂编年文钞》,《四明丛书》本。

自己夜半归家，父亲"惊喜堕床下"，母亲则听出跟他一起回来的人是外乡口音，便以为官府派人来追捕讨债，"手摸索帐后不得出"。作者以生动的描写反映了患难中的一家人历尽波折后重聚的情景，同时写出了生活的磨难对家人心理的冲击。

母亲去世后，作者铭记母亲对自己诗歌创作的鼓励和期待："痛念吾母精神命脉，全在不孝一身，不孝无寸长，半生茶苦，其精神命脉全在《冰雪》一集。倘是诗不存，则吾母二十余年以前教不孝读书识字一片苦心，如电光石火，无迹可寻矣。"① 作者认为，在家庭遭受巨大灾难的情况之下，自己多年在与家人患难与共，以及为摆脱困境疲于奔波之中写下的诗歌是联系自身与逝去的母亲之间的纽带，因而历尽艰辛整理出《冰雪集》，以告慰九泉之下的母亲英灵。

四、人自半途废

百姓生活的痛苦大都与社会的不公、官府的盘剥有关，但也有一些情况是自身的过失造成的。譬如明代宁波奉化人戴洵《哀乞者文》表达了对因自甘堕落而走上行乞之路之人的警示。作者自述这篇文章写于明嘉靖三十六年（1557）四月，当时遭遇变故，新家被毁，只余一间破屋不蔽风雨，加之无衣无食，在此种情境之下听到乞丐乞讨声，更能够感受到其中的哀苦。作者因而对由普通人沦落为乞丐的过程有所思考，在文中侧重分析由于自身原因导致的生活困顿。文章开篇形象地描写了乞丐的生活状态：

> 于是色如槁灰，形若枯枒，瓢钵悬腰，鹑结蔽膝，或手当其目，或杖代其足，无地不到，何门不入，依酣歌而流涎，闻狺

---

① （清）万承勋：《千之草堂编年文钞》，《四明丛书》本。

号而屏息，其求之也凄悲，其得之也秒忽，盖赢余之无望，而聊夤缘以度日。呜呼！何为其然哉！①

容颜枯槁，衣衫褴褛，步履蹒跚，拄杖而行，悲悲戚戚到处乞讨，苟延残喘。作者以生动的比喻写出了乞丐落魄的样子，以"槁灰"喻其毫无生气的面色，以"枯梼"喻其瘦骨嶙峋的体态，其腰间悬着讨饭用的器具，身上穿着补丁累叠的衣服……这种状态让作者颇有感慨，并对其不能像农民及小手工业者一样自食其力，并沦为丧失尊严的乞丐的原因进行了推测与归纳：

若乃祖积宗累，燕翼贻谋，自少及长，有喜无忧，睹陈红而燕溺，朋曳白以效尤，口不离盏斝，耳不离歌讴，身不离楼馆，足不及田畴。一朝罄尽，四顾悠悠，任妻孥之离散，背乡井而藏羞，怅旧欢之已邈，托生计于哀求。②

作者认为有些人祖上积业丰厚，并为后人做了长久的谋划，所以其子弟在毫无忧虑的环境中长大，物质生活丰富至极，但不习文字、不读诗书，深陷于富贵温柔之乡不能自拔。直到家产挥霍殆尽，妻儿离散，颜面尽失，他们只能背井离乡，以行乞为生。作者痛感于富家子弟不学无术而丧失谋生技能，又因生活放荡而堕入贫寒，最后不得已沦为乞丐的悲剧，因而对后人有劝诫之意。另外还有一些人由于走上人生歧路而堕落：

及夫偷儿博徒，官隶私商，玩法恣己，习以为

---

① （清）黄宗羲：《明文海》卷四七五，文渊阁《四库全书》本。
② （清）黄宗羲：《明文海》卷四七五，文渊阁《四库全书》本。

常,阳施阴取,自夸强梁。智穷数尽,置身圜墙,资储籍没,配斥远方,纵心计其安施,徒望屋而彷徨。①

窃贼、赌徒铤而走险,官吏和商人中也有不守王法、贪婪狡诈、为所欲为之人,他们用尽心机也难逃法网,最终被发配远方,只能靠乞讨为生。

文中还提到其他一些情况,有歌姬舞女靠出卖色相而享受锦衣玉食,不务耕织,不懂劳作,一朝红颜憔悴而被冷落,便流落街头,开始了乞讨生涯。还有投身边塞的战士在两军交锋中贪生怕死逃离沙场,因此侮辱了名节,而又离家万里,只能依靠嗟来之食苟且度日。此文从另一个角度思考了有些人生活困顿的原因,除社会政治原因,还有个人的疏忽怠慢和自甘堕落。

宁波古代散文中也有作品客观记述了自然灾害对人民生活带来的打击。明代宁波鄞县人薛冈在京亲历天启六年(1626)王恭厂(现北京永宁胡同与光彩胡同一带)大爆炸事件,并以《纪丙寅五月六日京师所觏异变始末》一文记载此次灾变。王恭厂是京师的武库,储藏着大量兵器和弹药。天启六年农历五月初六(1626年5月30日)上午九时许,王恭厂毫无征兆地发出巨大的响声,文中形象地描写了当时的情况:

> 刻届巳,天地晴朗,白日将中。适张宗伯使人于余白事未竟,响声突然,霆无足拟,似即从足边奋。余变色而作,犹意其为迅霆,而地作舟簸,屋作盖飞,四壁作剌剌声。余恐墙屋倾,急阈外跃。而白昼忽已如晦,黄土漫漫如雨下,烟驱飙掣,鬼啸神呼,势若天地崩裂然。余晕欲仆,思园树抱,无从见。得张使挽余手,蹲匿庭隅。恍惚闻人呼:"东方火起。"又闻哭声四起,政不得其故。久之,日光微放,觑挽手者,顿成黄土

---

① (清)黄宗羲:《明文海》卷四七五,文渊阁《四库全书》本。

● 明·周臣绘《流民图》

偶，余亦若是。移时明，则余屋瓦解若跺，檐楹若拆，户牖窗棂与帷幔之属悉成齑粉撒地上，而园门化为乌有。①

天启六年王恭厂灾变的成因众说纷纭，有地震说、火药爆炸说、陨石说、羊角风说等，但至今为止没有一种说法能够圆满解释那种巨大的破坏性能量的来源。在灾难发生时，作者居住在距离王恭厂半里之外的张园，可谓侥幸与死神擦肩而过，因而有机会为后人记录下灾难现场的真实场景。文中将巨响和地震同时袭来的慌乱情景描写得如在眼前，本来天清气朗，突然巨雷响起，天崩地裂，墙倒屋塌，作者慌忙奔逃到门外，房子则淹没于弥漫的尘土之中。作者幸得同行者相助，得以隐藏在庭院角落。等震动平息、烟尘散去，他发现在院中避难的同行者和自己

① （明）薛冈：《天爵堂文集》卷七，《四库未收书辑刊》本。

都成了披满厚厚尘土的土偶，而屋顶已被掀翻，门窗已化为粉末。作者形象地还原了自家在这场灾变中所遭到的损失，但更惨烈的是下文中对百姓遭际的描写：

> 薄暮，余惊少定，走而视厂，四望官民、大小庐舍，方十数里，一响声中，为之悉平。而都城西南隅遂空，唯一区瓦砾土木与遗肢堕体乱撑如麻，使人目骇心寒，魂摇魄战，不知其涕之何从也。方发响时，射所核京营马，马悉集，惊而奔，象房震塌，象悉惊狂而奔，奔象马间亦伤人。民间鸡犬，迩者靡有孑遗，远亦鸣飞惊扰而死。①

地震之后的场景阴森恐怖、惨不忍睹，方圆数十里的屋舍残损倒塌，土木瓦砾与人体断肢堆砌在一起，触目惊心。地震爆炸时的巨响使官府马厩中的马匹受惊，冲出马厩四处狂奔，伤人无数，民间鸡犬也大都死于爆炸之中。突如其来的巨大灾难使人无法逃脱，百姓平静的日常生活瞬间被打破。文中记载了官府对于财产损失和人员伤亡情况的统计，爆炸中倒塌房屋一万九百三十一间，死亡五百三十一人。这场难以预知、无法躲避的祸患造成了众多家破人亡的惨剧，更加使人感受到人生的无常。

百姓凄惨困顿的生活状况是宁波古代散文中关注的一个重要方面，文人们赞颂了为民做主的官员，也抨击了鱼肉百姓的贪官。他们不仅描写了百姓艰辛的人生境遇，也对这种状况的成因进行了思考。这一类作品在表现手法上既有形象生动的描写，又有深邃犀利的议论和深挚感人的抒情，体现了作家对社会的责任和对人民的同情，同时也展现了他们的艺术表现力。

---

① （明）薛冈：《天爵堂文集》卷七，《四库未收书辑刊》本。

人文篇

四明自古以来是礼乐诗书之邦，许多散文作品充分地表现了作者的人文精神，包括对文化教育的描写、对人格精神的反思以及对文学艺术的欣赏。宋代姚勉认为："四明，文物邦也。"① 人文精神的传承使四明在物质生活丰富的基础上更加注重精神文化的建设，宁波古代散文中也体现出对这一方面的侧重。

一、诗礼袭遗训

对学校教育的重视是古今有识之士所共有的理念，《礼记·学记》载："古之教者，家有塾，党有庠。"（"党"为古代行政区划，周代以五百家为党）古代贤者认为教育是育才和兴国的重要途径，王安石《慈溪县学记》是他任鄞县县令时在慈溪孔庙留下的碑文。在这篇文章中，作者记述了慈溪县学的兴建历史，阐释了学校教育能够全方位培养人才，教育使人才无论在人格修养、学识储备还是经世济民的策略方面都能有极大的提升，人民因而成为国家官吏的备选之才。文中强调："天下不可一日而无政教，故学不可一日而亡于天下。"② 天下政教需要大量官吏来执行

---

① （宋）姚勉：《明州奉化县梓潼帝君殿记》，《雪坡集》卷三十三，文渊阁《四库全书》本。
② （宋）王安石：《临川文集》卷八十三，文渊阁《四库全书》本。

和运作,而学校教育则是培养士人成为称职官吏的渠道,在学校"则士朝夕所见所闻,无非所以治天下国家之道。其服习必于仁义,而所学必皆尽其材。一日取以备公卿大夫百执事之选,则其材行皆已素定"[1]。学校能够因材施教,以仁义之道教育士人,在日积月累中学成了治国治民之术的士人成为朝廷选择百官的后备力量。作者认为当朝天子重视兴办学校,改革了近世教育的流弊,但仍规定县中的士人满二百人方可设立学校,因而慈溪不能立学,仅有尚未修缮的孔庙。宋庆历五年(1045),县令刘在中意欲主持兴修孔庙,使民众出钱,但没来得及兴修就调任他地。后来县令林肇治理慈溪,情况有了转机。文中记述:

> 后林君肇至,则曰:"古之所以为学者,吾不得而见,而法者吾不可以毋循也。虽然,吾之人民于此,不可以无教。"即因民钱作孔子庙,如今之所云,而治其四旁为学舍,讲堂其中,帅县之子弟,起先生杜君醇为之师,而兴于学。噫!林君其有道者耶!夫吏者,无变今之法,而不失古之实,此有道者之所能也。林君之为,其几于此矣。[2]

县令林肇认为虽然朝廷规定一县士人二百以上才能设立学校,但慈溪人民不能没有学校,而朝廷之法又必须遵守,因而贤德聪慧的林县令想出了一个两全其美的办法:将孔庙修缮扩建,使之兼具学校之用。林县令向百姓集资在孔庙四周修建学舍,在中间修建厅堂,延请德高望重、学识渊博之人为师,学堂得以开办。王安石赞美林君利用现有资源灵活办学的智慧,对慈溪县学寄予厚望,但也流露出些许隐忧:

> 林君固贤令,而慈溪小邑,无珍产、淫货以来四方游贩之

---

[1] (宋)王安石:《临川文集》卷八十三,文渊阁《四库全书》本。
[2] (宋)王安石:《临川文集》卷八十三,文渊阁《四库全书》本。

清·顾绣绘《渔樵耕读图轴》

● 慈湖书院

民，田桑之美，有以自足，无水旱之忧也。无游贩之民，故其俗一而不杂；有以自足，故人慎刑而易治。而吾所见其邑之士，亦多美茂之材，易成也。杜君者，越之隐君子，其学行宜为人师者也。夫以小邑得贤令，又得宜为人师者为之师，而以修醇一易治之俗，而进美茂易成之材，虽拘于法，限于势，不得尽如古之所为，吾固信其教化之将行，而风俗之成也。夫教化可以美风俗，虽然，必久而后至于善。而今之吏，其势不能以久也。吾虽喜且幸其将行，而又忧夫来者之不吾继也，于是本其意以告来者。[①]

小县城慈溪有幸得到林君这样的贤令是百姓之福，而慈溪醇美的风土人情又使其易于管理。士人大都是富有才华的可塑之才，先生则为秉性纯良、学养深厚之师，因而作者相信慈溪的教育必将蒸蒸日上。同时，

---

① （宋）王安石：《临川文集》卷八十三，文渊阁《四库全书》本。

作者深知教化的影响并不是立竿见影的，需要长时间的潜移默化才能显现，但官吏流动性极强，大都不能长久在一地为官。作者担忧日后贤令林君离开慈溪，县学的教育发展难以得到保障，因而写此文意欲后来当政者领会其意图。此文也体现了作者对慈溪县学和百姓子弟前程以及官吏阶层的后备力量的深切关注。

戴表元也非常关注官学发展的情况，他在元大德五年（1301）冬写成的《奉化州学兴筑记》，记载了奉化从县到州、学校从废到兴的始末。奉化作为县的时候，学校因为战乱而荒废，丁济当县尹时重新修葺。后来县升为州，因而就有废后兴建的大任需要完成：

> 县既升为州，相距不十年，而垣藩不修，卫防旷空，荆芜被之，蹊隧生焉。某郡王公某来为守，恺然叹曰："兹非吾职乎？"即与同僚议兴之。计其役赋板栽，均丈仞，章逢乐输，胥徒欢从，不累旬百堵齐立。于是增绘象，施蔽帷，鼓箧之堂，嵩呼之殿，风雩之亭，童衿之舍，缺完仆兴，罅补茅塞。闾游有禁，观眺有节，偃憩有适，瞻展有敬。重扃穹屏，修衢清浸，于于相仍，云行星辉。噫乎美哉！州之耆老，遂相与燕乐，而谋勒文以颂公之贤、著公之惠。①

十年后学校再度荒弃，某郡王公来奉化州为太守，即与同僚共议兴校大计，计算资金花费，商定建筑用材，安排款项及人工。儒者乐于捐款，服徭役的百姓也热情出力，学校很快建成。学校有举办开学仪式击鼓开箧之堂，祝颂帝王嵩呼万岁之殿，浴沂风雩、鼓瑟咏歌之亭及学生读书之舍。各处亭堂殿舍分工明晰，学校的设置完备，奉化耆老感恩某郡王公的功德，因而商议写文记录其贤德，于是戴表元"因为摭实记载

---

① （元）戴表元：《剡源戴先生文集》卷一，《四部丛刊》本。

如右,而并缀所闻见一二,以励吾党,亦务谨重修饬,以称官府见厚之意云"①。学校不只是一县一州之根本,更代表一个国家的前途,从办学兴废,便可检测一个国家的现状,预知一个国家的未来。

书院是中国古代民间教育机构,由富商或学者筹资办学,一般建于风景幽静秀美之地。元代宁波鄞县文人程端学(1278—1334)《东湖书院记》记述了东湖书院的环境及兴建经过:

> 鄞城东三十里有湖焉,山围而巘秀,水晶而光浮,舟行若乘气凌空,不知身在尘世也。其址有谷曰郏麓,土腴物阜,居民鳞集。余少时尝从友仁孙先生讲学其中,欲结居读书,以领湖山之胜,顾南北驰驱未遑也。②

东湖书院周围山明水净,舟行水上宛若凌空,使人有超凡脱俗之感。作者年轻时曾与鄞县友人孙友仁在物产丰饶、人口繁盛的郏麓讲学,并以在此处筑室读书、饱览水色山光为理想,但因奔走江湖而无闲暇作罢。如今终于有鄞县尹主持兴建书院,又有乡贤出资相助,因而东湖书院得以建立。作者记述了书院兴建的始末:

> 池阳阮侯申之之尹鄞也,兴学尊师以为治。陆君天祐有子,曰某,曰某,感其尹之化而思其父之遗命,即其地筑义塾,奉紫阳朱子像,以教一乡之子弟。讲有席,息有榻,与凡庖湢之所,食饮之器,虽微而完。既又割田一百有五十亩,为报祀廪饩之须。浙帅王公名之曰"东湖书院",堂曰"育英",为书大字以榜之,嘉其志也。③

---

① (元)戴表元:《剡源戴先生文集》卷一,《四部丛刊》本。
② (元)程端学:《积斋集》卷四,《四明丛书》本。
③ (元)程端学:《积斋集》卷四,《四明丛书》本。

安徽池州人阮申之接任鄞县尹之后尊师重教，陆天祐二子居敬和思敬有感于县尹注重地方教化的苦心，同时也想完成先父遗愿，出资修建学舍，供奉朱熹像，使一乡子弟能够受到教育。书院的设施非常完善，有讲学之堂、休息之处、厨房浴室以及饮食用具，学习生活等所需一应俱全，东湖书院就这样建成。作者认为陆氏兄弟出资为乡人修建书院是正义之举，须对此进行弘扬："余谓世人负千金资，出所赢，崇佛老舍，以邀福田利益。今陆氏不及中人之产，乃能殚力以淑其乡人，其志未可与时俗语也。"[1]拥有千金的富豪尚且为自己的财富增值谋划，而并不富有的陆氏兄弟却能倾其所有兴办书院，为乡人子弟前程谋划，这样的志向远非俗人能比。东湖书院的建成也能振兴一方教化。作者在文末以简洁明快的语句概括了书院造福子孙的作用："然则凡有此塾者，必洗其陋，必图其新，学朱子之学，而不徒像设为尊师之具，岂唯一乡之幸欤？"[2]教育能够使人脱胎换骨，拓宽发展之路，并因此对他人产生正面的影响，使尊师重教的风气得到弘扬。

兴建的书院往往体现出深厚的历史传承，古圣先贤的影响在学校教育中明显地体现出来。在宋末元初特殊的历史时期，书院的作用尤其明显，文人们对汉族文化能否顺利传承有很深的忧虑，因而尤其关注书院的发展情况。戴表元散文非常重视对书院兴建的艰辛过程进行记载，作者认为教育发展是社会进步的基础，也是民族精神命脉得以延续和兴盛的重要途径。《和靖书院记》叙述会稽五云乡和靖书院建成始末。"和靖"之名源于南宋和靖先生尹焞（1071—1142）。尹焞，洛阳人，字彦明，一字德充，靖康初召至京师，不欲留，赐号和靖处士。绍兴四年（1134）授左宣教郎，充崇政殿说书，八年（1138）权礼部侍郎，兼侍

---

[1] （元）程端学：《积斋集》卷四，《四明丛书》本。
[2] （元）程端学：《积斋集》卷四，《四明丛书》本。

讲。正如戴表元在文中所说:"艰关(倮)载而南,盖晚年遂寓居越,死又葬越,越人慕而祠之也宜。"①尹焞为避国难来到南方,百年之后葬于会稽五云乡石帆里。元成宗元贞二年(1296)冬,部使者曹南完颜公贞来越地考察,有人去拜见他并提出建议:"越虽山州,而多儒先故实,属时兴文,郡国有名贤者,许即祠建塾。……有如肃公生依死葬于越,乃祠而不塾,非阙欤?前使者河南狄公,尝草创筹度,不果就,惟公图之。"②和靖先生尹肃公之祠是可以建塾的重要地点,于是曹南公吩咐学官准备建塾事宜。经过层层上报,建塾终于得以批准。书院选址在肃公墓附近,文中描写周围风光:"冈溪萦环,墟聚绵密,越之名迹,秦皇酒瓮、射的玉笋、阳明洞天之属,一一在目,咸曰'蔚乎佳哉'。"此处山峦秀丽,溪流环绕,周围几处越地名胜更增添了文化底蕴,因而书院选址于此,并开始兴建:

> 乃以大德丁酉季春起工,讫明年戊戌仲秋,日才五百有奇。锄荒起废,而成祭室讲堂、藏修之庐,庖湢之舍,凡为楹一百有六十。祭器昔所无有,而新冶铜、陶土、剭竹木制之者,为事九十四通。塾之址及田土之隶于塾者,为亩二伯。其役之速而民不病其劳,其费之巨而士不知所出。塾成,扁之曰'和靖书院',而相与伐石,愿记其始末。余惟天下之事,虽有皆知其尽善者,必人与时相值而始能成。③

书院于元成宗大德元年(1297)春动工,第二年仲秋完工。书院设施完备,满足学子读书修为、饮食起居等方方面面的需求。这是一项顺应民心之举,因而得到百姓大力支持。作者认为这是一件尽善尽美之

---

① (元)戴表元:《剡源戴先生文集》卷一,《四部丛刊》本。
② (元)戴表元:《剡源戴先生文集》卷一,《四部丛刊》本。
③ (元)戴表元:《剡源戴先生文集》卷一,《四部丛刊》本。

事，是人心所向与时机成熟的完美结合。戴氏对主持兴建书院的官员和士大夫也表达了赞美之情："迨至于今，始值曹南公以材御史高选，持节而来，实廉劲知大体。郡侯通议公，亦由闽部使者移守至郡，宽明有慈爱，官师偕孚，材良劝趋。于是郡之贤士大夫，皆出而佐谋赞力。而终始经营办治者，郡学正王君庭槐，是为北岳右丞公谋孙，皆非偶然之故也。君子嘉其事之成而为越人喜也，曰：'是不可以无记。'是为记。若夫肃公言行出处本末之详，不特越人知之，天下学者皆能言之，此不著。"① 因为有先贤尹肃公和靖先生在此生活并安葬一事，便有了和靖书院的历史文化底蕴，又因有曹南公、通议公、王庭槐这些贤能的官员主持相关事宜，有越地百姓的支持与参与，占地二百亩、房屋一百六十楹，颇具规模的书院才得以建成。戴表元这篇散文既是和靖书院兴建过程的实录，又表现了作者对兴建书院在历史传承、文化发展与人民生活改善中重要性的认识。

位于浙南的缙云美化书院也有七八百年历史，戴表元《美化书院记》载："美化书院，以处之缙云美化乡得名旧矣。当江南初创时，宗正寺主簿陈公大猷以名大夫、太傅乔公行简以材宰相，相与极力鼓动绚饰，穹碑巨榜，隆栋宏址。美化虽在缙云穷山中，一日而名字闻于天下，脍炙于缙绅韦布之口。然书院立未百年，兵毁及之，悉化而为蒿莱烬砾。问其本末，则已无有道之者。"② 文中提到最初创办美化书院的两位名贤陈大猷和乔行简。陈大猷（1198—1250），字忠泰，宋绍定二年（1229）进士，曾任缙云县令，历官两浙都运使等职；乔行简（1156—1241），字寿朋，浙江东阳人，宋光宗绍熙年间进士，宋理宗时曾任参知政事、兼同知枢密院事等职。两位先贤极力倡导，在缙云山中修建了美

---

① （元）戴表元：《剡源戴先生文集》卷一，《四部丛刊》本。
② （元）戴表元：《剡源戴先生文集》卷一，《四部丛刊》本。

化书院,日后书院逐渐闻名,被世人所知。但兴盛不到百年时间,便遭遇兵灾被毁,美化书院也渐渐为人所遗忘。后来书院的命运终于有了转机:"元贞二年秋九月,四明陈君天益始被绂绶,来为山长,于是事属平定。"① 元成宗元贞二年(1296),四明陈天益赴缙云任山长,便开始着手重建美化书院,文中载:

> 即易瓦补塞,修甃室漏,设素王之容,倡先贤祠,屹门阙,翼庙庑,秩豆笾。诸事既以略备,乃率先置养士田十五亩,继而询荒核耗,经理而得田,及诸儒所助,通一顷六十四亩。由是春秋之祭费取焉,朔望之膳具取焉,师长职员之稍给取焉。月有书,季有考,雍雍于于,云兴谷应。岩居之叟,途行之子,嗟呼叹诧,以为不图荒凉契阔矣,而复有歌舞雩、观矍相之圃之感也。惟讲书之堂,以役重未就。大德元年冬十二月,廉副使拜降公、佥事完颜公临其地,嘉前事之有绪,而欲雄其成也,以属邑主淮安翟侯。翟起望族,年方壮,有材识,尤致意学校事,人劝趋之。遂增台门,新宫垣,至明年十月而堂竟成。完颜实始,大书"美化书院"额,亦书其堂曰"美化堂"。……礼俗匪于寰区,王风荡乎无垠,而美化为之兆矣。②

这段文字从两方面描写了重建美化书院的相关情况。一是为官者的积极努力。山长陈天益率先担起重建大任,捐出养士田十五亩,并带动了其他儒者捐田,共计捐助一顷六十四亩,使书院初具规模,学子得以正常学习和生活。只有讲书堂因为需要资金太多而没有修缮。大德元年丁酉(1297),廉副使拜降公、佥事完颜公来缙云任职,商议修建讲学之

---

① (元)戴表元:《剡源戴先生文集》卷一,《四部丛刊》本。
② (元)戴表元:《剡源戴先生文集》卷一,《四部丛刊》本。

古代书院（清·吴镕绘《白岳凝烟》）

堂，并托付邑主翟侯办理具体事宜，第二年十月修建完工。历经两任官员的不懈努力，美化书院终于全部建成。二是记载了士人儒者对修建书院的鼎力支持以及百姓对书院建成的欢欣鼓舞之情。戴表元以此来表明书院兴建的艰辛以及百姓对书院重要作用的认可，书院既是一方历史文化的延续，也承载着未来发展的希望。

二、舍利庄严殿

宁波古代散文不仅对学校教育方面有诸多关注，在宗教文化方面也多有记载。宋代释正觉《天封塔记》描写了宁波天封塔的雄伟壮观及被毁后重建的过程：

> 四明之城，翠环于山，百川之水，浚导于海。气秀萃乎地纪，风流成乎天文。鱼跃于龙雷，虎变乎豹雾，东南之美，独擅其名。市郭之南，鄞江之上，有窣堵波，六面七层，高一十八丈。建炎寇燔俱尽，愿言再新，未有其人。一日，众推山阳德华上人，历试其能，是任可委。①

文章开篇描写了四明环山傍海、得天独厚的环境资源，大地和天空皆笼罩着葱茏秀气，此处是东南锦绣繁华之乡、文采风流之地。城市东南鄞江之畔有高十八丈的七层佛塔，但在南宋建炎年间毁于战火，人们期待重新修建，推举德华上人主持重修。宝庆《四明志》卷十一"天封院"条载："寺有僧伽塔，建炎间毁于兵。绍兴十四年太守莫将重建，盖僧德华募缘而成之也。"释正觉此文对天封塔重修的盛况做了形象的记述：

> 华欢喜从事，邦人赞其资用，佣者之黄土，陶家之市甓，良冶之范金，大匠之治木，百工之献伎，翕然而起，自降而隆，从规而矩，嶙崒突兀之形，高而出云，婆娑轮囷之状，盘而据地。光琉璃之甍瓦覆于上，赤珊瑚之阑干缭于外。梯横其中，以便登览，一身双目，四方千里。②

---

① （清）戴枚、董沛等：光绪《鄞县志》卷六六，清光绪三年（1877）刊本。
② （清）戴枚、董沛等：光绪《鄞县志》卷六六，清光绪三年（1877）刊本。

德华上人欣然担此重任，一邦之人各尽其能。有经济实力者赞助钱物，有力气者运土筑塔，制陶者准备砖瓦，冶金者浇铸金属，木匠置备木料，各行各业的人士都奉献自己的技艺，天封塔在众人齐心合力之下顺利建成。塔身雄伟坚固，高耸入云，塔顶覆盖着富丽堂皇的琉璃瓦，塔身之外环绕着赤色珊瑚栏杆，塔中间设有横梯，供人们登临赏景之用，让人体会在塔顶极目四望、天地间美景一览无余的感受。这篇散文语言非常优美，不仅描写了在塔顶俯仰于天地之间欣赏到的朝日夕阳、春花秋月、夏云冬雪等自然风光，也通过描写天封塔的修建反映四明民风淳厚、风调雨顺。文中写道："郡邑家家，芗灯整整，遥瞻伏拜，心肃貌恭，余垢洗于冰雪，新芽长于春阳，水旱消，怪雨寝，痴风调，禾麦登，菽粟稔，妖气退舍，庆事集境。"① 天封塔成为四明佛教文化的代表，不仅香火旺盛，也起到了教化人民的作用，使百姓抛开世俗争斗之想，心地纯净。四明物阜民丰，呈现一片祥和之气。

正觉禅师的这篇散文记载了天封塔在宋绍兴十四年（1144）重修的情况，既有对修建经过的记述，又有对雄伟壮丽的塔身以及登塔远眺景致的描写，同时也反映了天封塔为宁波带来的人文盛景。

戴表元一生以修习讲授儒家经典为主，但他对佛道思想也表现出极大的热情，非常重视宗教文化。他与山林诸多方外之士往来，在交谈切磋中受到影响。戴氏《宝陀山所见记》云："惟佛氏之道，非儒者所敢知。然其大归，主于慈悲救苦。"② 宗教在净化人们思想上起到了很大作用，戴表元散文对佛寺的兴建表现出极大的关注，如对家乡著名寺院法华寺兴建的记载，有《法华寺兴造记》云："奉化僧刹以名迹著称，而人所慕游者，东岳林，西雪窦。二刹相望六十里，修溪隔之，峻岭矗焉。或值霖潦

---

① （清）戴枚、董沛等：光绪《鄞县志》卷六六，清光绪三年（1877）刊本。
② （元）戴表元：《剡源戴先生文集》卷四，《四部丛刊》本。

● 清末天封塔旧影

冻雪，进不得达，而退无所休。自余为儿童时，闻患此久矣。后十年过之，则当二刹之中，日峰之西南，有法华接待者。建屋庐，储馐餐，以为行路之憩食。又二十年过之，则前钟后鱼，左巾右钵，崇殿修庑，层轩复院，骞高耸跃，峨峨然成一宝坊梵宇矣。"[1] 法华寺建成之前，奉化比较有名的寺院是岳林寺和雪窦寺，因二寺相距较远，交通不便，宋理宗淳祐五年（1245）在途中设立了一个为人提供饮食、供人休息的场所，这就是法华寺前身。戴氏在文中对法华寺修建的经过做了清晰的记载：

---

[1] （元）戴表元：《剡源戴先生文集》卷五，《四部丛刊》本。

讯其事,盖法华僧前后二师者实为之。前师曰妙森,后师曰文同。前师于时苃日,与其贤主人赵二卿者相善。二卿为之捐粮以补竭,资力以创施。久而迩孚远悦,输助恐后,遂卓其趾为唱法之堂,为炊饔之庖,为偃劳之室。既而二师图所以永久也,前师居治如故,而后师持函游,从江浙间富豪乞求赢余,归营子本,以贮田产,由是法华之举渐立。而前师病,垂殁力惫,求后师于卧榻侧,瞠目嘱以"吾二人握空拳为江湖竖津梁,不可中辍"意。后师答以"尽力当如言",即瞑而逝,宋咸淳辛未岁七月五日也。数经始之年,当淳祐乙巳,至此二十五寒暑矣。后师嗣为之,益增田拓址,裒材展工,又凡二十五年。然后缁流居游出纳之所,像设妥侑起止之位,法屋拱卫装饰之序,大小靡不完备,与奉化诸大刹等。伏腊朝晡百需之费,亦不假求外而给。于是略可如志。而后师又病,又力惫,以艰难继绍事宜,嘱其嗣若珣辈而逝。其语如前师加苦,元贞乙未秋七月十八日也。①

法华寺由一个接待路人、行者的场所发展成一座寺院,主要依靠前师妙森和后师文同的努力经营。妙森与贤德仁者赵二卿交好,二卿为之捐款捐粮,逐步扩大建筑规模及影响力,久而久之,捐助者愈众,陆续修建了一些必要的设施。前后二师为寺院能够长久传承下去竭尽心力,前师负责主持寺院事务,后师则赴江浙一带化缘,募集扩建寺院所需资金。在二师齐心协力之下,法华寺初具规模。但此时前师病危,临终将继续建寺的重任托付给后师,宋度宗咸淳七年(1271)七月五日,法华寺初建二十五年后,前师去世。后师继承前师衣钵,又经过二十五年勤

---

① (元)戴表元:《剡源戴先生文集》卷五,《四部丛刊》本。

苦力行，法华寺终能与奉化诸名寺相媲美，寺中一应费用也完全能够自给，此时已到了元成宗元贞元年（1295）。后师于七月十八日去世，临终前将法华寺相关事宜托付给衣钵承袭者若珣。法华寺的兴建历时五十余年，前后二师为之殚精竭虑，用尽毕生精力使之得以完善。戴氏赞赏二师的功德："余惟一法华之有无，在宇宙间不为损益，而其道之所由兴废，可以为世之劝诫。方是地之未为法华接待也，人见其荒榛野草，固不知有今日之盛。虽二师往来警呻霜露中时，亦何敢以为必济。谋同助劳肯分，志广而众不疑，故能赤手竟成之。然又必须五十年之相继，事始不废。"① 法华寺作为寺庙来讲并不在天地之间占有重要位置，但前后二师修建寺院、弘扬佛法的过程给人们带来很大的激励。二师之所以能够在荒郊野地建起法华寺，是因为二人能够摒弃私心为弘扬佛法同心协力、分工合作，他们弘法的信心与行动感召了众生，得到认可与援助，并且五十年坚持不懈。因而法华寺不仅仅是一座寺院，更是妙森、文同二师仁厚、笃定的人格精神的体现，也是佛法在众生中的影响力的反映。

佛寺的兴建在很大程度上依靠高僧大德个人的感召力，信州（今属江西上饶）瑞龙威德寺的修建也是如此。《重建瑞龙威德寺记》载："有居贵溪之瑞龙山者，曰威德寺。相传天将雨，即有云气蒙蒙然吐其上。早岁，有司为坛墠，请辄应。由是以瑞龙名山，而寺额取神灵润泽之义。如所称。寺盖为民而设，非寻常崇土木、聚缁褐而已。然郡志于贵溪载威德寺，县志并载寺田五百五亩，而皆不详其所起。惟僧家以为，昔马祖禅师实始开筑。寺久且废，田归豪家，零祭之迹亦少，而瑞龙为空山矣。"② 信州瑞龙山威德寺早年曾是祭祀场所，相传因祈求辄应而名瑞龙与威德，以显神灵的祥瑞、威严及厚德。寺院在坛墠的基础上建成，曾

---

① （元）戴表元：《剡源戴先生文集》卷六，《四部丛刊》本。
② （元）戴表元：《剡源戴先生文集》卷六，《四部丛刊》本。

颇具规模，但因年久失修而荒废。寺田被豪贵占据，祭祀水旱之神的神坛损毁殆尽，威德寺兴盛的局面一去不返。威德寺最初的建立者是佛教界颇具盛名的马祖（709—788），也即大寂禅师，俗姓马，名道一，后人尊称"马祖"，曾在江西弘扬禅学。但威德寺后因年久失修而荒废，千年之后终于得以重建。文章记载：

> 乃至元己丑岁，今天宁主僧妙薰，自铅山西林归。道途所经，目悟心动，会诏旨许所在兴葺废寺，有侵疆匿产者，诘其罪。于是夷荒发坚，鸠良役能，凡经营六年，门台廊庑，堂寝房帑，洎诸庄严像饰之制，靡不完丽。錾锡往来，钟鱼朝昏，俨然与承平梵宇无异。此一瑞龙山也，以昔焉废之之易，而今焉复之之亟何居，是不系其人乎？[①]

元世祖忽必烈至元二十六年（1289），天宁主僧妙薰途经废弃已久的威德寺，便有重建寺院之意，适逢朝廷诏令允许兴建荒废寺院，并收回被侵占的寺田，高僧妙薰便发动各方力量重建寺院，历时六年，威德寺得以修建完善，经历战乱一度废弃的寺院重现繁盛之象。戴表元感慨高僧妙薰在寺院新建过程中所起的作用，认为寺院的兴衰除了与社会安定和经济发展直接相关，与高僧大德个人的努力也有密切关系。弘扬佛法依托于佛寺，佛寺的兴建是佛法在人世间传播的基础，而佛法对百姓的生活状态与精神面貌有巨大的影响，因而戴表元认为佛寺的修筑是社会生活中的一件大事，并撰文进行翔实的记述。

阿育王寺是我国现存唯一以印度阿育王命名的千年古寺，因寺内珍藏佛国珍宝释迦牟尼的真身舍利和精致的舍利宝塔而闻名。明代李濂《游东湖阿育干山天童山记》是一篇游记散文，其中有对阿育王寺的描写：

[①]（元）戴表元：《剡源戴先生文集》卷六，《四部丛刊》本。

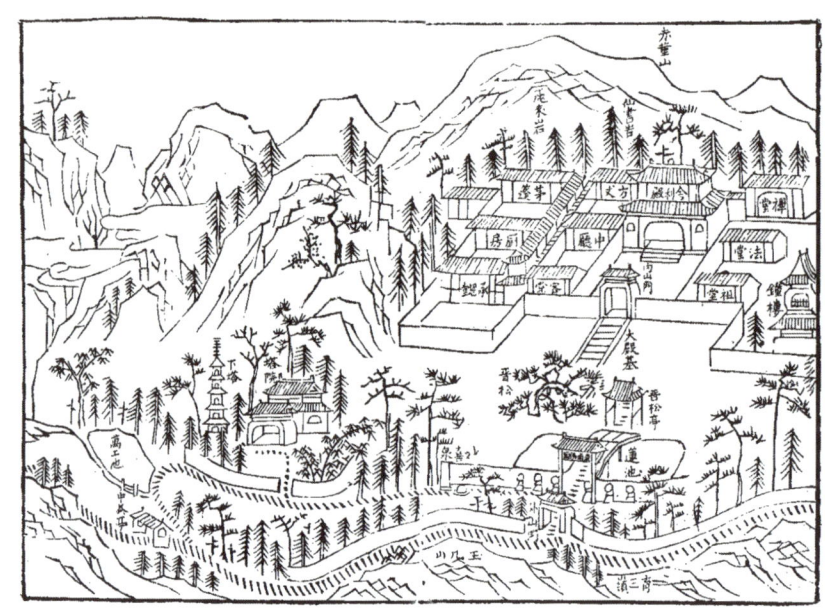

● 阿育王寺图（明·郭子章撰《明州阿育王山志》）

  山下有寺，扁曰"阿育王寺"，字法遒劲，相传宋黄庭坚笔。晋太康中，并州刘萨诃得佛舍利，置七宝塔藏于寺中，今尚在，予得览观焉。宋治平中，庐山僧怀琏乞还山，诏许自便。琏归老于兹，乃建阁，藏仁宗皇帝所赐诗颂，凡十有七纸，榜曰"宸奎阁"，眉山苏轼撰记，手书诸石。阁毁，轼碑在寺门左。出寺东行，曲径数折，登鄮峰，南俯湖，东北眺海，风烟浩渺，天下奇观也。①

  阿育王寺在阿育王山下，山因寺得名，而寺的由来跟一位名为刘萨诃的高僧有关。明万历《明州阿育王山志》记载，晋武帝太康三年（282），并州（今属山西太原）人刘萨诃得重病，昏迷中恍惚遇一印度僧

---

① （明）李濂：《嵩渚文集》卷四九，文渊阁《四库全书》本。

人提醒他应该出家为僧,并指示了出家地点。刘萨诃按梦中示意来到鄮山,听到地下传出钟声,他便诚心诵经膜拜。地下现出宝塔,塔中呈现出佛舍利,刘萨诃便在此地结茅,建立精舍,这就是阿育王寺的雏形。作者在这篇文章中描写了自己见到相传出自北宋黄庭坚之手的阿育王寺牌匾,匾上"阿育王寺"四字遒劲有力,之后观赏了七宝塔中的佛舍利。文中也追述了北宋治平三年(1066)庐山高僧怀琏归阿育王寺,因得到仁宗皇帝所赐十七纸诗颂而建"宸奎阁"收藏。阁已毁坏,但苏轼为之撰文的石碑尚在。作者描写了阿育王寺周围的景色,沿着东边小径登上鄮山,南面是烟波浩渺的东钱湖,东北是一望无际的碧海,景色开阔、壮观而又幽静,是修行之人的好去处。

　　清代黄宗羲《阿育王寺舍利记》记载了作者康熙九年(1670)十一月十三日游阿育王寺得以观看舍利的场景:"寺僧启铜塔(塔为万历间慈

● 阿育王寺舍利图(明·郭子章撰《明州阿育王山志》)

明州阿育王山廣利寺宸奎閣碑銘

皇祐中有詔廬山僧懷璉赴住京師十方淨因禪院召對化成殿問佛法大意奏對稱旨賜號大覺禪師是時北方之為佛者皆留於名相囿於因果以故士大夫喜從遊遇休沐日輒下馬過其廬者誌為韋夷下俚之說璉獨指其妙與孔老合者其言文而真其行峻而通故一時士大夫喜從之游遇休沐日輒過其廬其言文而真其行峻而通故一時士大夫莫不傾心仁宗皇帝以天縱之能不由師傳自然得道與璉問答親書頌詩以賜之凡十有七篇至和中上書乞歸老山中上曰山即如此再乞堅甚不許治平中再乞堅甚不許許自便璉既渡江少留于金山西湖遂歸老于四明之阿育王山廣利寺四明之人相與出力建大閣藏所賜頌詩榜之曰宸奎時京師始建寶文閣詔取其副本藏于閣璉歸山二十有三臣出守杭州其徒使來告曰璉且死矣不可以不銘璉舊有銘其可銘者吾師也將安歸辛不許其弟子繪其像于寢奇漢明以察為明而梁武以弱為仁皆綠名失實去佛遠甚恭惟仁宗皇帝在位四十二年未嘗廣度僧尼崇侈寺廟干戈斧鑕未嘗有所私貸而璉之所謂得佛心法者古今一人而已璉雖出世法度人而持律嚴甚詔許自便璉既渡江少留于金山西湖遂歸老于四明之阿育王山廣利寺四明之人相與出力建大閣藏所賜頌詩榜之曰宸奎時京師始建寶文閣詔取其副本藏于閣璉歸山二十有三臣出守杭州其徒使來告曰璉且死矣不可以不銘璉舊有銘其可銘者吾師也將安歸辛不許其弟子繪其像于寢奇漢明以察為明而梁武以弱為仁皆綠名失實去佛遠甚恭惟仁宗皇帝在位四十二年未嘗廣度僧尼崇侈寺廟干戈斧鑕未嘗有所私貸而璉之所謂得佛心法者古今一人而已璉雖出世法度人而持律嚴甚食非法使者歸奏上嘉歎久之銘曰

上天下照唯皇體合自然神曜得道非有師傳維道人璉遭自在禪律並行不相留礙於檗山昭陵而下繪其像于寢寢奇璉道人璉遭自在禪律並行不相留礙於檗頌詩我既其文佛與佛乃識其真咨爾東南山君海王時節來朝以謹其嚴

元祐六年正月癸亥龍圖閣學士左朝奉郎知杭州軍州事兼管內勸農使充兩浙西路兵馬鈐轄兼提舉本路兵馬巡檢公事武功縣開國子食邑六百戶輕車都尉賜紫金魚袋臣蘇軾撰并書

《明州阿育王山廣利寺宸奎閣碑銘》（宋碑）

圣太后所赐),捧一小方箧,出殿门外,南向立。箧方广六七寸,玲珑内外不隔,中系小木钟,涂以泥金。有小珠在内,作琥珀色,则所谓舍利也。"[1] 舍利放在涂金泥的小木钟之内,琥珀色,与其他有幸观赏舍利的人对舍利的啧啧称叹不同,黄宗羲从另一个角度做了关于舍利真伪情况的思考。他记述了历次舍利丢失及被伪造的情形,如明代嘉靖年间倭寇入侵宁波,胡宗宪海防军队在市内屯兵,偷盗了金钟与舍利,住持便用真珠裹金伪造了舍利以供人观瞻。之后海上发生军情,寺庙住持唯恐伪造舍利被盗,便将其寄藏在乡民李台垣家。李台垣之妻私自把玩,舍利掉到地上找不到了,便以自己首饰上的珠子涂饰冒充,置于金钟之内。作者得出结论:"是故阿育王寺舍利不特伪造,即其伪造者亦不一人一事。"他认为后世人们见到的舍利早已不是刘萨诃所得的那颗了。黄宗羲以理性的思考提醒人们不要盲目崇拜佛舍利,表现了自己对客观世界的深入理解和独特的观察视角。

三、静同仁者寿

宁波古代散文中的人文精神还表现在对文人正直高洁的人格的关注与赞美。文人是民族精神传承的中坚力量,文人的人格特色是反映一个国家精神面貌的重要因素。宁波古代散文中有些作品反映了对高洁人格的崇尚,宋代袁燮(1144—1224)《直清亭记》中描写其建于竹林间的小亭,名为直清亭,"直清"二字表现了作者所追求的人格精神:

> 嘉定十有四年,始辟西塾,作小亭于丛竹之间,名之曰直清,此君子之德也,而竹实似之。今夫竹之始生也,拔地而出,曾不浃旬,己有凌云之势,俊敏超轶,殆不可御。初种不

---

[1] (清)黄宗羲:《南雷集》,《四部丛刊》本。

过数丛，其鞭横逸，瓦石所不能制。未几成林，蔚然在植物中，得地之利，成功之速，未有过焉者。岂天之赋生，固迥然独异耶！其中则虚，有似乎君子之虚其心；其节则劲，有似乎君子之守其节；体正而气肃，又有似乎君子，望之可尊，即之不厌，能使人襟怀洒落，俗氛不入。直清之名，于是为不忝矣。竹有是德，所以取重，可以人而不彼若乎？①

  作者记述宋嘉定十四年（1221），他时年七十七岁时修建西侧堂屋，在竹林间建小亭，亭名"直清"，意为廉直清正，象征君子品德，此亭正与亭周围的竹相互映衬。文中以简练而生动的文笔描写了竹蕴含的君子人格，竹最初萌生之时已呈现出挺拔之势，不到一旬已萧然凌云，其俊逸超拔之势为他物难以企及。竹的生命力非常旺盛，最初种植时只有数丛，但它能够吸取天地间之精华，迅速成为一片竹林，在植物之中显示出与众不同。而且竹中空有节，象征了君子的虚心和气节；竹体态端正而肃穆，正如君子正气凛然，使人充满敬意而又乐于接近。亭处竹中，人在亭下，顿觉胸襟磊落，不染凡俗。因而作者为亭命名"直清"，与君子所崇尚的品行相吻合，表明了袁燮对君子高风亮节的崇尚之情。

  明代王守仁《君子亭记》与《直清亭记》有颇多相似之处，此文作于正德三年（1508），当时王守仁在龙场驿丞任上。正德元年（1506），王阳明因触怒宦官刘瑾被谪贬至贵州龙场（今贵阳西北修文县），《王文成全书》卷三二《年谱》载："春，至龙场。是年，始悟格物致知。"王阳明被贬谪到僻远之地，不能携带书卷，但他并没有因此而消沉懈怠，反而从大自然中得到启迪，格物致知，在对竹子的观察和思考中深刻领悟了君子的情操：

---

① （宋）袁燮：《絜斋集》卷十，文渊阁《四库全书》本。

阳明子既为何陋轩,复因轩之前营,驾楹为亭,环植以竹,而名之曰"君子"。曰:"竹有君子之道四焉:中虚而静,通而有间,有君子之德;外节而直,贯四时而柯叶无所改,有君子之操;应蛰而出,遇伏而隐,雨雪晦明无所不宜,有君子之时;清风时至,玉声珊然,中采齐而协肆夏,揖逊俯仰,若洙、泗群贤之交集,风止籁静,挺然特立,不挠不屈,若虞廷群后,端冕正笏而列于堂陛之侧,有君子之容。竹有是四者,而以'君子'名,不愧于其名;吾亭有竹焉,而因以竹名名,不愧于吾亭。"[1]

作者在居所修建何陋轩,轩名取自《论语》之孔子曰:"君子居之,何陋之有?"意在表明君子品格不受环境的影响而发生改变。君子亭建在何陋轩的前面,周围绿竹环绕,这便是此亭名为"君子"的原因。作者通过深究竹的生长习性及形态特色,得出了竹与君子相通的四种品格特色:其一是虚心而宁静;其二是正直而有节操,不以外界环境变化而改变自己的品格;其三是群生成丛,清风徐来,摇曳有声,萧然而和谐,如君子群居切磋;其四是风定肃然,挺拔正直,如在虞舜宴会中诸侯姿容端正的君子风仪。竹子这四方面的特点与君子品格非常吻合,因而以亭边之竹为亭命名,这也是作者在逆境中坚守君子节操的体现。

高洁正直的文人才华与胸怀使其可出仕为官,亦可隐居独善。不遇于世则隐居于山野田间,以礼法自守,登高赏景,吟诗作赋,展现出不俗的人生境界。若能逢时而出仕,则能尽其心力谨奉职守,并时时期待退隐之后的洒脱生活。元代戴表元《陶庄记》中生动地描写了番阳(今江西鄱阳)吴熙载无论隐居于陶庄还是出仕于官府,都时时体现出对高雅情

---

[1] (明)王阳明著,吴光等编校:《王阳明全集》卷二十三,上海古籍出版社1992年版,第891—892页。

● "玩古"（明·孙克弘绘《销闲清课图卷》局部）

趣的追求：

　　既而熙载出其所居陶庄诸诗读之。盖陶庄者，在番阳西山下，涧泉萦萦，林樾蓊焉。自其初，不过庄之旁有业农而氏陶者，以为场圃。癸卯冬，熙载由钱塘归，望而乐之，屋其坳洼，以为居游之墅。因而疏翎流之波以为池，莳秀蔚之丛以为苑，而横一楼以操琴，其额曰"清音"。楼之北为室，藏书册砚笔壶觞之属，曰"集雅"。中为堂，深沉旷廓，曰"燕超"。燕超之西为斋，陈三代以来石碑铜器，洎古今书法名画，曰"玩古"。东为轩临泉，曰"观鱼"。北陵虚为二亭，曰"看云""御风"。门之南为径，曰"五柳"，桥曰"双桧"，而总其墅之名曰"陶庄"。熙载既为其名与其诗，番阳又多故家遗儒，人人皆能诗，日相饮集唱酬以为欢，由是陶庄日闻于人。而熙载方盛年强仕，以词章器业行名当途，凡四迁而来通守吾州。陶庄虽佳，不得安而居也。嗟夫！若熙载者，岂非余所谓其材可以仕、可以隐，而内无愧于己、外可闻于人也乎哉？①

戴表元对吴熙载在陶庄的居所进行了详细描写，其屋室筑于洼岙之处，借自然之势建造，池苑、书斋、琴房、画室、观景亭都有清雅的名称，吴熙载悠然自乐生活于此期间，与友人饮酒雅集、酬唱赋诗，陶庄因而名声亦显。后来吴熙载在盛年出仕，不得在陶庄静谧、雅致的环境中安度时光，但他能在仕途中展现自己的才华，正如《陶庄记》中所云："熙载志虽不屑，而方用于时者也。熙载驱驰四方，北居庸，南昆仑，东溟渤，西岷峨，风霜道路之危，若犹未厌。"②吴熙载虽无心谋求高官厚禄，却有机遇步入仕途，身负使命奔走四方，不以为苦。然而，其内心深处依然向往陶庄隐居的生活，因而戴表元为之设想未来的生活："俟他日功成名就，洁身来归，问园池花木固无恙，徐与番阳诸老，或过客如余辈，婆娑笑咏，以偿陶庄隐居之乐，尚未晚也。"待仕宦生涯结束，吴熙载依然可以回归陶庄，与友人在花木丛中谈笑歌吟，共享隐居之乐。

宋末元初文人隐居现象非常普遍，除了乱世纷争和改朝易代的影响，文人自身的经历和对生活的感悟也是一个重要因素。戴表元散文中也分析了文人隐居的内在原因。淡看功名利禄的文人大都经历了一个曲折复杂的心路历程，他们受儒家"修身、齐家、治国、平天下"的思想影响深刻，期望一生之中能够有所作为，同时荣华富贵的生活也能给人带来虚荣心的满足。能够放下进取之心而甘于隐居生活的平淡，一般都要经历价值取向的转变，如戴表元《水心云意楼记》描写胡天放隐居黄滩

---

① （元）戴表元：《剡源戴先生文集》卷四，《四部丛刊》本。
② （元）戴表元：《剡源戴先生文集》卷四，《四部丛刊》本。

的情形:"淳安胡天放,尝为余言黄滩之美也,曰:'黄滩南于淳安之治二十里所,背崇岭,面双溪,岩林涧壑之所萦盘,风烟鱼鸟之所凑泊。自曾大父岳阳公以上世居之。岳阳公既贵,而徙居邑之西塘。大父桐川公继贵,莫之有易也。然时时念念不忘黄滩焉。迨今西塘之庐且四世。当承平时,人情以游宦为乐。虽西塘阛阓中不得久处,而暇数数远顾黄滩乎?迩来名宦事息,邑墟于兵,庐烬于毁,吾将返吾初而隐焉。丁丑之春,既披荆伐翳,架楼十余楹于黄滩之上,取杜子美语,名之曰"水心云意",而子为我记之。'"① 黄滩背山面水,风景优美,有岩林涧壑、风烟鱼鸟。天放先人曾居于此,后因显贵而搬迁。宋末兵患兴起,胡天放入仕之想亦受阻碍,于是于黄滩之上建屋居住,名其居曰"水心云意"。戴表元形象地分析了此名所蕴含的自己与胡天放的心路变化过程:

> 余闻而叹曰:"嗟乎贤哉!胡君之归黄滩,信美矣,而何以有取于水与云乎?夫水无心,人之习于动者得之以为心;云无意,人之习于静者得之以为意。及乎渊停坎蓄,风起雨作,动者未尝不静,静者未尝无动,而二者卒不自知其然也。今吾与天放,以其藐然之身,三十年行乎世故之江河,而生物之息,日夜更起而嘘之,陷深而莫辞,险数而不悟。故方其盛时,视人间之可歆艳爱悦者,莫如名第官爵,车马挥诃于门途,童妓笑歌于馆榭,……此如水之方波,云之初族,虽欲不动而不可得矣。洎夫心疲意倦而当休也,则畎亩荣于禄食,徒步安于驱御。禽虫之歌吟,不俭于钟鼓之考击;丘原之陟降,不烦于棰楚之奔走。子朝出而游于黄滩,黄滩之渔者,将与子分矶而坐;黄滩之牧者,将与子同川而饮。暮归而休乎兹楼,黄滩之寸妍尺媚,将纵横自献于几席之下。此如暝云归山,冬潦返

---

① (元)戴表元:《剡源戴先生文集》卷二,《四部丛刊》本。

"鸥鹭翔集"（明宋濂撰《四时幽赏》）

宅，虽欲不静，亦不可得也。"[1]

　　戴氏认为胡天放居黄滩而以"水心云意"命名其住所，是因为"水"与"云"象征了胡天放行走江湖三十年的心理状态。胡天放在家道兴盛之时热衷于人间的功名与繁华，正如水波兴澜、风起云涌，内心的躁动无法平息。而一朝感受到追求功名带来的疲惫，他便产生了对山野田园的好尚之情。他徘徊于田间，品味禽鸣虫吟，便觉胜于车马、钟鼓带来的享乐。胡天放在僻远静谧的黄滩建屋居住，白天与渔人牧者为友，傍晚登楼眺望，黄滩美景尽收眼底，此时心境好比宁静的晚云与冬水，自然而然他摆脱了浮华与烦躁，安心于静谧之中。大多数文人对于仕与隐

---

[1] （元）戴表元:《剡源戴先生文集》卷二，《四部丛刊》本。

的选择都经历了一个复杂的过程，从热衷于进取，到经历仕途的波折与疲惫，最后心态平和地安居一隅，实现自我的心灵自由。

四、闲于独鹤心

宁波古代散文中有很多作品是对文学艺术的评价，主要包括对诗文及绘画的评价。同时也有一些作品关注到藏书方面的情况。诗文品评主要形式为诗序，在品评的过程中侧重于将作者的人格精神与诗歌风格及成就联系起来。宋代文人长于创作题跋序文，张如安教授探究其原因："随着各种书画书籍的大量问世，宋人撰写题跋序文一时蔚成风气，从而成为宋代文人的一个特长。"① 宋代孙应时《胡文卿樵隐诗稿序》评价了同乡文士胡文卿的人格魅力及诗歌特色。

> 苏长公曰："无竹令人俗。"又曰："士俗不可医。"余尝欣然诵之，以为真宇宙间妙语。噫！无竹者尚尔，况于不能诗者，其俗且奈何哉！古今诗人其学未必皆合于道，其言未必皆当于用，要其风流意度，定自不俗，如幽兰之芳，野鹤之洁，使人一见辄洒然意消。故夫诗人多穷，无他，以其不俗，故穷。②

文章开篇引用苏轼名言突出对文人超凡脱俗的欣赏，之后便强调不能写诗的人更加俗气。而作诗未必合于世俗之用，诗人风流洒脱，不染凡俗之气，如幽兰野鹤，使人一见便有洒脱畅快之感。正因不合俗流，不能为自己谋取世俗利益，故诗人大都穷困。作者用这段文字为全文定下了基调，即诗人是超越于凡俗之上的，接下来引出胡文卿及其诗歌创作：

---

① 张如安：《汉宋宁波文学史》，中国文联出版社2001年版，第139页。
② （宋）孙应时：《烛湖集》卷十，文渊阁《四库全书》本。

> 予里有佳士,曰胡君文卿,本富家子。文卿少独嗜学,举进士不售,而肆其情于诗,当其觅句时,往往忘寝与食,问以家事,瞪目不答。诗则工矣,而家益落。妻孥愠怒,姻族笑且骂之,自如也。所居门瞰湖山,风晨月夕,鸥鹭翔集,樵牧往来,文卿曳杖行吟其间,自视天下之乐无已若者。其诗闲淡清美,与其人境相称,时亦感激顿挫,奇壮可骇愕,知其中自有所抱负,非苟然也。①

胡文卿出身富贵,勤奋好学,但科考没有成功,因而将主要精力用于诗歌创作。他废寝忘食,不问俗事,诗歌创作日益精进,但家道却日益衰落。妻儿渐有怨言,亲戚也对其嘲笑和不满,但胡文卿能够自得其乐。居所出门便可望见湖山,山明水净,鸥鹭盘旋,樵夫牧者悠游于此,胡文卿行吟其间,自得其乐。正因为有超脱闲淡的生活情趣和落拓不平的心气郁结,他的诗呈现出两种不同的风格:一种是清新文雅的,与其于湖山之中感悟到的人生意趣相吻合;另一种是激昂不平的,是其功业未成的失落情绪的抒发。这篇序文突出了胡文卿超凡脱俗的人格魅力,并认为他正是因为具有这种人格精神才创作出与众不同的诗歌作品。

《〈阆风集〉序》是宋代王应麟为舒岳祥作品集写的序言,从舒岳祥的人生经历入手探讨其作品成就:

> 余少时已闻舒景薛言语妙天下,景薛更字舜侯,擢丙辰第,与余弟仲仪为同年进士。然自重难进,阅群飞之刺天而无竞心,不得弦歌《生民》《清庙》之章,荐之郊庙,又不得绅金匮石室书,续左、马、班氏之笔。晚岁涉坎险,历蹇难,萍流蓬转,有陶、杜所未尝。气益劲,思益深,胸中之书不烬,方寸

---

① (宋)孙应时:《烛湖集》卷十,文渊阁《四库全书》本。

之广居浩乎其独存,弄云月于嵁岩之下,友鱼樵于寂寞之滨,固穷守道,皓皓乎白璧之全。其文如泉出山,达乎大川而放诸海,有本者如是。何谓本?大节之特立也。①

舒岳祥,字景薛,又字舜侯。王应麟年少时舒岳祥便以文章闻名,并在宋宝祐四年(1256)进士及第。之后便不屑于在官场中周旋,看到身边众小人纷纷升迁,他却并无攀比之心,因而没有机会在朝廷中获得重要的职位。他晚年经历了更多的坎坷,最后漂泊流离。作者认为舒岳祥甚至经历了陶渊明、杜甫也不曾受过的磨难,因而他胸中累积了沉郁之气,有对生活深刻的思考,并且具有广博的学识,以及清高脱俗的个性特色。舒岳祥悠游于山岩之下,与渔者樵夫为友,固守穷节,保持了冰雪般未被外界污染的气节,因而其文章有自然之美。

清代郑梁《琴友张氏诗稿序》是为慈溪一位奇女子张鸿述诗稿所作序言。张鸿述,字琴友,姚二京之妻,著有《清音集》。这篇诗序开篇就表达了对女性的同情和理解:"男女皆人也!自先王制为内外之别,于是一切修身正心以及齐家治国平天下之务,皆以责之男子,而于妇人无与焉。一若人生不幸而为女,则凡人世之所可为者,皆不得为此,固天地间不平之甚者也!"②作者认为社会上对女性存在严重的歧视和不公,女子自身价值不能被认可,无法参与家庭以外的任何社会事务,这是身为女子的巨大不幸。郑梁呼吁这种男女不平等的社会现状应该改变:"盖人各有情,情各可言,固不得以其女子之故,遂令其剖胸无心,张口无声也,而况其情为父子夫妇之情,其言为忠孝贞节之言乎!"③生而为人,无论男女都有表达思想情感的权利,不能因为她们是女子就禁止其表达思

---

① (宋)舒岳祥:《阆风集》卷首,文渊阁《四库全书》本。
② (清)郑梁:《寒村诗文选·寒村安庸集》卷一,《四库全书存目丛书》本。
③ (清)郑梁:《寒村诗文选·寒村安庸集》卷一,《四库全书存目丛书》本。

「清才灵禀」（明·黄凤池辑《唐诗画谱》）

想和观点，使得女子即使有正统思想非常看重的关于父子夫妇和忠孝节义之想也无法表达。作者站在女性的角度为其鸣不平，并为家乡出现优秀的女诗人而欣喜：

> 吾邑自唐宋以来风雅代起，而以闺秀自见者实少其人。山川郁积，忽钟帷房，当吾世而并峙者，女子则有张氏琴友，妇人则有闻氏馀生。二人者清才灵禀，皆足擅秀一时，而数奇运蹇，困极人生，固宜其不平之鸣易工而可传也。①

---

① （清）郑梁：《寒村诗文选·寒村安庸集》卷一，《四库全书存目丛书》本。

作者感叹家乡自唐宋以来少有才女出现，但当世却涌现出两位女诗人——张琴友和闻馀生。作者对她们十分景仰。闻馀生别名徽因，太守文某孙女，黄宗羲养女，著有《樊榭诗选》。郑梁认为二人禀赋优异、才华出众，却遭遇了生活的困顿。她们不平则鸣，对人生的深刻感悟在诗歌中抒发出来。

> 琴友为遗民洁公先生之女，友房姚子之妇。当承平时，两家俱极高明。星移物换，家破人亡，流离颠沛，至以笔耕糊口，字其遗孤，有世之男子之所不能为者。间尝取其集而读之，痛夫悲父，沧桑离黍之感，流溢楮毫。[①]

作者钦佩琴友在遭遇变故家道中落后，能够有勇气承担起家庭的重担，靠笔耕养育遗孤，并将其人生经历及感慨付诸笔端，吟咏成诗。郑梁读其诗作后深感于其沧桑悲凉的意蕴，因而为之作序。"凡以悲琴友之不幸，而又嘉其能自立也。呜呼！丈夫遭时不偶，困穷抑郁者，何可胜数！言之无文，行之不远，其不能自见于当世者多矣。若琴友者，洵亦女子中之人杰也哉。"[②]作者为琴友的不幸感到悲伤，同时又赞美她能够自强自立。对比而言，很多男子在遭遇不幸后一蹶不振，终日牢骚抑郁，并不能将忧愤之情倾泻于诗文之中，传于后世，因而琴友的坚强品格及不俗才华更加难得。

品评画作也是宁波古代散文中的一方面内容，明代慈溪人陈敬宗《湖山平远图记》描写了南海人颜宗所作的一卷境界开阔、布景精美的画作，文章语言雅致，描写细致传神：

> 夫所谓平远者，无太山乔岳峻岭之势，足以障隔其旷达之

---

① （清）郑梁：《寒村诗文选·寒村安庸集》卷一，《四库全书存目丛书》本。
② （清）郑梁：《寒村诗文选·寒村安庸集》卷一，《四库全书存目丛书》本。

● 颜宗绘《湖山平远图》(局部)

观,而原隰之衍迤,江湖之渺茫,极目于万里之外,如在咫尺。其间有平畴沃壤,春水方足,而耕者、锄者、驱牛者,孜孜于稼穑之谋。又有平湖广泽浦溆之饶,而舟艇往来,出没于波光云影之下,网者、钓者、绝流而渔者,亦汲汲于鱼虾之利。他若仙宫、梵宇之参差,山林、草木之畅茂,有无穷之雅观焉。惟天地间旷达之景,恒藏于宽闲寂寞之乡,惟幽人雅士乐得其趣,而缙绅不与焉。于是好事者绘之于绢素,敛万里于咫尺之间,展而玩之,所谓旷达之观,皆在吾眉睫之下,而适情寄兴之乐,盖不特幽人雅士可得而独专也。平远之作,岂不宜哉![1]

这篇文章虽然简短,但写出了《湖山平远图》所画的内容、构图特色

---

[1] (明)陈敬宗:《澹然先生文集》卷三,《四库全书存目丛书》本。

以及意境和神韵。开篇诠释了"平远"的意蕴,即没有遮挡视线的高山峻岭,放眼望去,平原开阔,江湖邈远,于咫尺画卷之中可极目于千里之外。画中不仅有江湖和旷野,也有佛殿等建筑以及茂盛的草木,还描绘了人物活动,展现了勤勤恳恳耕作的农人和出没于风波之中的渔者。通过这篇散文,我们不仅可以感受到画作宏远开阔的意境,还体会到画家对农人和渔者的细腻描绘。

除了品评诗文及画作之外,宁波古代散文也表达了对书籍的关注。有的作品描写了书籍在生活中的重要作用,尤其突出其对读书人的心灵及人格品质的正面影响。还有一些作品关注藏书楼的相关情况,记述了贤德之士苦心保护的藏书楼在文化传承方面的重要影响。明代宁波鄞县人屠本畯《霞爽阁藏书放言》以丰富的想象描写了人们读书时感受到的自由状态,作者认为古今之妙物莫过于书籍:

> 书籍古妙物也,记言记事,有当予心而赞赏之,籍不以为谄;有不当予心而嘲诮之,籍不以为迕;留烛抄书,籍不以为憎;堆床散帙,籍不以为亵;随读随忘,籍不以为耄耋;随得随录,籍不以为勤劬;妄意雌黄,谬言品状,籍不以为诳诞;记事不真,核实无据,籍不以为朽拙;深夜呫哔,籍不嫌其烦琐;泆旬淹覆,籍不责其懒惰;志幽怪而籍不谓荒唐;谈诙谐而籍不谓鄙俚;游闲子弟见之如寇仇,而籍不教其亲炙;贵介公子听之如哑聋,而籍不教其讲谭。①

人与书相伴会有一种自在的感受,书随人意,作者以拟人的手法,从各种角度详尽地描写了人们读书的状态以及书对人的态度:读者欣赏、赞美书中的内容,书并不会认为是谄媚;对书中的观点不认可而进

---

① (清)屠彝:《甬上屠氏家集》卷三,民国八年(1919)既勤堂木活字印本。

行嘲笑,书也不觉得是对它的忤逆。灯下抄书,书不会憎恶;散乱堆积,书也不认为亵渎;边读边忘,书不认为你已年迈……可见对于爱书、读书之人,无论何时何地、何种情形,书籍都是能真诚相伴的挚友。对于漠视甚至讨厌书的人,书也尽显谦谦君子风范,不会去叨扰他们。游手好闲的子弟视书籍为仇人,富贵公子不屑于领会书中之妙,书籍不会强迫其阅读学习。作者以生动的笔法写出了人在读书过程中轻松的心理感受,同时也突出表达了作者的主要思想:只要能够读书,无论何种读法都会有所收获,读书是非常惬意而称心的事情。文中还侧重描写了人与书相伴的种种美好情形:

> 是书籍也者,空谷时当足音,暗室时当严师,烦恼时当清凉,疾疢时当针砭,饥寒时当温饱,岑寂时当鼓吹,奇肆时当珍玩,穷通时当蓍龟。对之躁急煎中可解也,对之怨望在怀可释也,对之心怯胆寒可壮也;对之神昏目眊可明也,对之耳目荆棘不生也,对之炎凉荣辱不践也,对之魑魅魍魉不近也,对之趋跄攫攘不为也。①

有了书籍的陪伴,任何时候都不寂寞,而书使人不怕孤独的本质是读者从书中汲取的知识营养能充实心灵。无论何种情形之下,读书之人都能感受到内心的充盈与丰富,因而具有战胜孤独寂寞和坎坷波折的强大力量。面对书籍,急躁和怨愤的情绪皆可释怀,胆怯和神昏的状态均可消退,对世态炎凉能够淡然处之。一切邪恶之气不能近身,趋炎附势、争名夺利之事也不会参与,书籍使人心情安然、超脱凡俗。

书可以启迪人的智慧,抚慰人的心灵,书籍的收藏与流传是人类文化发展的大事。宁波天一阁是现存最古老的私家藏书楼,是世界上现存

---

① (清)屠彝:《甬上屠氏家集》卷三,民国八年(1919)既勤堂木活字印本。

● 天一阁旧影

最古老的三大家族图书馆之一,在世界范围享有盛誉。天一阁博物馆西大门有一副楹联曰:"天一遗形源长垂远,南雷深意藏久尤难。"楹联取义自黄宗羲的《天一阁藏书记》。黄宗羲在清康熙十二年(1673)曾在范氏后人的邀请下登天一阁藏书楼,成为范氏家族之外第一个登楼的文人。《天一阁藏书记》表达了作者对藏书重要性的认识和藏书不易的慨叹,并记述了自己亲登天一阁藏书楼的过程。作者开篇便感叹:"尝叹读书难,藏书尤难,藏之久而不散,则难之难矣。"① 读书本已是难事,耗费精力心神,占用大量时间,"读书者一生之精力,埋没敝纸渝墨之中,相寻于寒苦而不足"②。读书人皓首穷经,已然非常辛苦,但藏书更为艰辛:

> 藏书非好之与有力者不能。欧阳公曰:"凡物好之而有力,则无不至也。"二者正复难兼。杨东里少时贫不能致书,欲得《史略》《释文》《十书直音》,市直不过百钱,无以应,母夫人以所畜牝鸡易之。东里特识此事于书后。此诚好之矣,而于寻常之书犹无力也,况其他乎?有力者之好,多在狗马声色之间,稍清之而为奇器,再清之而为法书名画,至矣。苟非尽捐狗马声色字画奇器之好,则其好书也必不专。好之不专亦无由知书之有易得有不易得也;强解事者以数百金捆载坊书,便称百城之富,不可谓之好也。故曰:"藏书尤难。"③

作者认为能藏书者必定是喜欢书而又有财力的人,他引用欧阳修之

---

① (清)黄宗羲撰,吴光主编:《黄宗羲全集》第十九册,浙江古籍出版社2012年版,第101页。
② (清)黄宗羲撰,吴光主编:《黄宗羲全集》第十九册,浙江古籍出版社2012年版,第101页。
③ (清)黄宗羲撰,吴光主编:《黄宗羲全集》第十九册,浙江古籍出版社2012年版,第101页。

言，强调如果喜欢某物并有能力得到的话，那就一定能够获得。但他认为对于藏书而言，两者兼具是非常困难的。他以明代著名文人杨士奇为例，说明爱书而无力获得的这种情况。杨士奇幼时家贫，他想拥有的书市价并不是很高，但也无法购买，母亲只能用家养的母鸡换书。贫民非常喜欢书，但售价低廉的书都无钱购买，何况昂贵的书呢？作者又点明了有财力购买而不收藏书的现象：富豪所好尚的往往是声色犬马，稍微清高一些的喜欢古玩奇器，再清高一些则喜欢名家字画，难得有财力之人真心喜欢藏书。喜好藏书之人必须懂得书分易得与不易得两种，如果以几百金到民间书坊买许多书，便以为自己有丰厚的藏书，那并不能称为真正的爱书，因而可以说藏书是非常难的。

  不仅购买书很难得，购买之后保护好使其流传下来更为不易。作者引用明代文学家归有光所言："书之所聚，当有如金宝之气，如卿云轮囷覆护其上。"[①]归有光认为书聚集之处即为福地，会有祥云护佑其上。黄宗羲认为事实并非如此，古今藏书楼所遭遇的厄运数不胜数。作者列举几家藏书楼所遭遇的祸患，明代会稽人钮石溪的藏书楼世学楼、明代余姚人孙月峰藏书楼、明代江宁人焦竑藏书楼、清初苏州人钱谦益绛云楼、清初扬州人郑侠如丛桂堂等，这些名震一时的藏书楼或者不得已书被散去，流于市场，或者毁于火灾，或者毁于兵灾。因而黄宗羲感叹："藏之久而不散，则难之难矣。"书籍的收藏与保护是极难之事，既要耗费重金，又需藏书空间，还要防虫蛀、潮湿，防火防水，以及考虑变乱发生又难以搬迁等情况，因而长久地收藏实属不易。正因如此，天一阁藏书楼弥足珍贵。黄宗羲记述了他非常珍贵的一次登楼经历：

    天一阁书，范司马所藏也，从嘉靖至今盖已百五十年矣。

[①]（唐）韩愈等：《韩愈·柳宗元·归有光·袁宏道合集》，时代文艺出版社 2000 年版，第 212 页。

司马殁后，封闭甚严。癸丑，余至甬上，范友仲破戒引余登楼，悉发其藏。余取其流通未广者抄为书目，凡经、史、地志、类书坊间易得者及时人之集、三式之书，皆不在此列。余之无力，殆与东里少时伯仲，犹冀以暇日握管怀铅，拣卷小书短者抄之。友仲曰："诺。"荏苒七年，未蹈前言。然余之书目遂为好事流传，昆山徐健庵使其门生誊写去者不知凡几。①

  天一阁是明代曾任兵部侍郎、被称为范司马的范钦的藏书楼。从明代嘉靖年间开始到黄宗羲时代已经一百五十年，当年范钦临终时将财产分为两份，一份是白银万两，另一份是天一阁及数万卷藏书。范钦长子范大冲继承了天一阁藏书，并严格遵守"代不分书，书不出阁"的祖训，藏书得以完整地保存下来。癸丑年（1673）黄宗羲来到四明，范氏后人范友仲为之破戒，黄宗羲得到一次登上天一阁藏书楼的机会。他参观了天一阁所有的藏书，并选取流通未广的书籍抄写了书目，市面上易得之书、当代人的文集和三式占卜之书都不在书目之列。黄宗羲在天一阁抄写书目之际切身体会到杨士奇当年买书无力之感，希望日后能在天一阁抄一些篇目短小的作品，并得到范友仲的应允。但转眼过了七年，黄宗羲未尝将自己的想法付诸实践，但七年前登楼所抄写的书目被广为传抄，因而此书目得以流传。黄宗羲感慨当世藏书之难："近来书籍之厄，不必兵火，无力者既不能聚，聚者亦以无力而散，故所在空虚。"②作者认为即使没有兵灾、火灾这些厄运，藏书也非常难，没有财力之人无法将书聚集起来收藏，已经有所收藏者常常因后续无力而将书散佚。因而当

---

① （清）黄宗羲撰，吴光主编：《黄宗羲全集》第十九册，浙江古籍出版社2012年版，第103页。
② （清）黄宗羲撰，吴光主编：《黄宗羲全集》第十九册，浙江古籍出版社2012年版，第103页。

时江南著名藏书楼不过三四家,主要有黄居中千顷斋之书、曹秋岳倦圃之书,范氏天一阁藏书也在此之列。篇末作者对天一阁藏书楼作了经典的评价:

> 韩宣子聘鲁,观书于太史氏,见《易象》与《鲁春秋》,曰:"周礼尽在鲁矣。"范氏能世其家,礼不在范氏乎?幸勿等之云烟过眼,世世子孙如护目睛,则震川覆护之言,又未必不然也。①

作者以韩宣子聘鲁的典故衬托天一阁在文化保存与传承方面的重要贡献。春秋时期晋国韩宣子访问鲁国时在史官处见到《易象》及《鲁春秋》等古籍时感叹:"周礼全部在鲁国了。"黄宗羲认为范氏世代传承珍贵的藏书,也是对礼的传承与弘扬。作者感慨归有光的"祥云护佑"之说也可能是有道理的,因为范氏世代子孙珍视书籍如同保护自己的眼睛,这也正如归有光所说的:书籍所聚之处,有祥云护佑其上。

这篇散文以层层铺垫突出了天一阁藏书楼的难能可贵,作者开篇分析了藏书之难,并列举了多家曾经著名的藏书楼或不得已散书,或毁于灾祸,以此衬托在当时已有一百五十年历史的天一阁的独特价值。

---

① (清)黄宗羲撰,吴光主编:《黄宗羲全集》卷第十九册,浙江古籍出版社2012年版,第103页。

风物篇

宁波古代散文中有些作品描写了具有地方特色的风物之美,四明山水的清丽奇秀在散文中鲜明地体现出来。具有代表性的有以月湖、东钱湖、四明山等宁波著名景区为中心创作的散文,除此以外,也有对宁波及浙江其他地区的风景和物产的描写。

一、风月逢知己

月湖既是四明优美的自然景观,又是宁波城市文化的代表。古代月湖文化是与四明的发展和兴盛同步的,它兴起于唐五代,繁盛于两宋,并一直延续到明清。有资料记载,月湖是在唐代贞观年间开凿修建的,宋代舒亶《西湖引水记》载唐太宗贞观十年(636),鄞县令王君照第一次修湖,"鄞县南二里,有小湖,唐贞观中,令王君照修也。盖今俗里所谓细湖头者,乃其故处焉。湖废久矣,独其西隅尚存,今所谓西湖是矣"[①]。说明贞观年间所修之湖规模不是很大,且又废弃良久,独存西边一隅,因而称为西湖。五代吴越末代国君钱俶的弟弟钱亿于乾祐二年(949)任明州郡守,对月湖作了较大规模的疏浚。北宋仁宗嘉祐年间(1056—

---

① (宋)张津等:《乾道四明图经》卷十,《宋元方志丛刊》第五册,中华书局1990年版,第4959页。

● 月湖尚书桥旧影

1063),郡守钱公辅在柳汀中建筑一座颇为精美的众乐亭,为月湖增色添彩。宋哲宗元祐年间(1086—1094)以及宋哲宗绍圣年间(1094—1098),郡守刘淑、刘珵相继大修月湖,扩为十洲,并大量种植赏心悦目的花木,形成月湖上十洲胜景,基本奠定了月湖游赏休闲胜地的规模。

舒亶《西湖记》详细地记载了月湖在宋代修建的始末,对月湖自然景观及文化氛围的描写细致全面。舒亶(1041—1103),字信道,号懒堂、亦乐居士,慈溪人,居于月湖。宋治平二年(1065)进士,历任临海尉、审官院主簿、御史中丞等职,作品存有《舒懒堂诗文存》三卷。《西湖记》以舒缓怡然的语气将月湖的景致娓娓道来:

> 湖在州城之西南隅,南隅废久矣,独西隅存焉,今西湖是也。其纵南北三百五十丈,其横东西四十丈,其周围总七百三十丈有奇。其中有桥二。绝湖而过,曰憧憧,天禧间直馆李侯夷庚之所建也。然僻在一隅,初无游观,人迹往往不至。嘉祐中,钱侯君倚始作而新之,总桥三十丈。桥之东西有廊,总二十丈。廊之中有亭,曰众乐,其深广几十丈。其前后有庑,其左右有室,而又环亭以为岛屿,植花木于是,遂为州人胜赏之地。方春夏时,士女相属,鼓歌无虚。亭之南小洲,前此有屋才数椽,乃僧定安守桥之所。后浸广,今遂以为僧院,寿圣是也。其西又有佛祠四。并其东,皆乡士大夫之所居。其北有红莲阁,大中祥符中,章郇公尝倅是州,实创之,有记在焉。阁之北,即郡酒务。故时使人即湖以汲水,劳费甚,乃堤湖之中,畜清流,作楼于其上,以辘轳引而注之,至今以为便。①

---

① (宋)张津等:《乾道四明图经》卷十,《宋元方志丛刊》第五册,中华书局1990年版,第4958页。

文中描写了月湖总体规模以及主要景观的修建经过，月湖湖面颇为广阔，其周长超过七百三十丈，南北长三百五十丈，东西宽四十丈，面积的广大使其水源丰富，同时也为在湖上修建各种亭台廊庑提供了条件。横跨湖面的桥有两座，最初为宋真宗天禧年间（1017—1021）文史馆官员李夷庚主持修建。但桥建在湖面偏远一隅，无人游览。宋仁宗嘉祐年间（1056—1063）明州知府钱公辅对桥进行了新建，桥总长三十丈，桥的东西各建长廊，总长二十丈。长廊中修建了一座亭，规模宏大，方圆几十丈，名为众乐亭。

众乐亭建成的具体时间据北宋邵亢《众乐亭记》载为"嘉祐六年，七月壬寅（1061年8月9日）"，1061年七月，丹阳邵亢收到他的同乡、时任明州知府的钱公辅的书信，信中委托其为刚建好的众乐亭撰文。邵亢《众乐亭记》开篇记载了钱公辅修建众乐亭的缘由，钱公辅云："我虽治明之日浅，然于明人为无恨矣。岁和谷穰，愁叹息而欢豫行，我乐与众人之乐而申之，为之亭于城西南偏之湖中，而以'众乐'名焉，吾友为我记之。"① 身为明州知府的江苏武进人钱公辅对宁波人民感情深厚，适逢五谷丰登的年景，忧愁消逝，心生欢喜，与众人同乐，便在城西南湖中修建众乐亭。亭的周围是岛屿，岛上种植花草树木，成为明州人游赏之地。

《众乐亭记》中也对亭的修建过程、自然风光以及游人如织的场景有细致的描写："周为飞梁，于以往来；合为大屋，鳞舒翼开。远岩近峰，烟矗雨青，水流廷阶，激激有声。……凡州之人，月惟暮春，联航接舻，肴酒管弦，来游其间。"② 众乐亭周围建有凌空飞架的桥梁，以供行人往来。亭如飞鸟展翅的形状，轻灵飞动，映衬着远近的山峰，湖面轻烟

---

① 曾枣庄、刘琳主编：《全宋文》第二十四册，巴蜀书社1992年版，第434页。
② 曾枣庄、刘琳主编：《全宋文》第二十四册，巴蜀书社1992年版，第434页。

笼绕，阶下水流潺潺。暮春之月，明州百姓乘船游览月湖，于亭下饮酒笙歌，不亦乐乎！众乐亭的修建为月湖增添了一道亮丽的风景，也为游人赏景提供了方便。

舒亶《西湖记》记载，众乐亭南几间屋后来扩建为寿圣院，东面是乡贤士大夫的居所。北面是宋真宗大中祥符年间（1008—1016），明州通判章郇主持修建的红莲阁。阁的北面是郡酒务，负责酿酒事宜。因酿酒须从湖中汲水，便筑一道堤坝，以贮存清水，以辘轳汲取。月湖区域不仅景色宜人，体现了明州山水秀色，更逐渐成为四明经济文化中心。

《西湖记》详细地描写了月湖的地理位置、范围以及湖中的建筑概况，记载了月湖在北宋的样貌，为后人留下了珍贵的资料。作者还进一步考证了月湖形成的过程，文中写道：

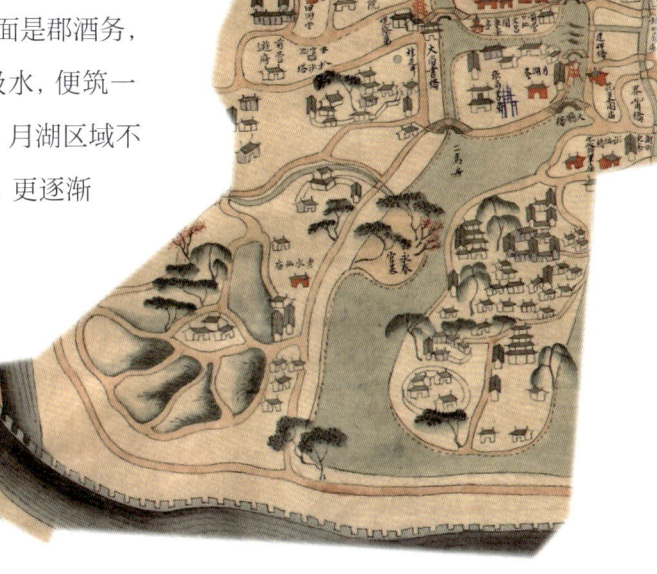

● 《宁郡地舆图》中的月湖

> 然是湖本末，《图志》所不载。其经始之人，与其岁月，皆莫得而考。盖尝闻之父老，明为州，濒江而带海，其水善泄而易旱，稍不雨，居民至饮江水。是湖之作，所以南引它山之水，畜以备旱岁。始未之信也。熙宁中，岁大旱，阖境取给于其中，湖为之竭。既又穴为井，置庐以守之。鄞令虞君大宁，尝纪其

事,刻石于寿圣院,乃知父老之传不诬也。钱侯去,距今几三纪矣,而湖辄浸废不治。其亭南,既堤以为放生池,濒湖之民,又缘堤以植菱芡之类,至占以为田,淀淤芜没,几不可容舟。①

月湖形成的经过未见资料记载,作者曾从民间听闻,明州濒临江海,水容易疏泄,因而易旱,月湖最初是为引山上之水到此储水而建。宋神宗熙宁年间(1068—1085),有一年大旱,全城在湖中取水,以至于湖因此干涸。鄞县县令虞大宁在寿圣院刻碑将此事记载下来。因而足以证明月湖在缓解旱情、解决居民用水方面的重要作用。作者感慨钱公辅离开明州已然三十几年,月湖也逐渐萧条,有些区域被用作放生池,有些地方被占为水田。但月湖的境况在刘纯父来治理明州之后又有了转机:

> 元祐癸酉,刘侯纯父来守是邦,适岁小旱,乃一切禁止而疏浚之,增卑培薄环植松柳,复因其积土,广为十洲,而敞寿圣之阁,以其名名之。盖四时之景物具焉,湖遂大治。然其意,初不在游观也。古人于事,盖不苟作。惟其利害伏于久远难知之中,所以后世贵因循者,或莫之省,而好功之士,至乐为之纷纷也。明有数湖,危于废者,不特是湖也。若刘侯,可谓有志于民矣,故具论之,以冠诸图,庶来者有考焉。②

宋元祐八年(1093),天旱,郡守刘淑派人疏浚月湖,禁止对月湖人为破坏,并在湖中修建十洲。这十洲指月湖中央四处:松岛(南宋改称竹洲)、花屿、柳汀、芳草洲;西岸三处:烟屿、雪汀、芙蓉洲;东岸三处:

---

① (宋)张津等:《乾道四明图经》卷十,《宋元方志丛刊》第五册,中华书局1990年版,第4958页。
② (宋)张津等:《乾道四明图经》卷十,《宋元方志丛刊》第五册,中华书局1990年版,第4958—4959页。

竹屿、月岛、菊花洲。自此月湖景物四时丰美,游人络绎不绝。但追溯其本源,月湖的兴建目的并不是提供游观之乐,而主要是解决民生问题,为明州百姓在用水方面提供保障。同时因为得天独厚的自然条件和人为精心的修建,集天时地利人和于一体,成为宁波具有代表性的风景胜地。月湖在漫长的历史中几经兴衰,几任贤官为月湖的兴建做出了贡献,最终郡守刘淑将其打造为宁波著名景观。随着经济发展,明州城内的人口亦增加,甲第林立,不仅浚湖防旱极为重要,士民亦需要休闲的娱乐场所,于是在湖堤上造桥建亭,堤边种树养花。月湖柳汀一带,成为人们春夏之间游乐的首选之处。

月湖文化活动形式非常丰富,赛龙舟是一种使人充分展现活力的项目。南宋史浩的《划船致语》是龙舟竞赛开始时的颂词。史浩(1106—1194),字直翁,自号真隐居士,鄞县人。绍兴十五年(1145)进士,任余杭尉。后历任温州教授、国子博士,孝宗即位,为中书舍人,淳熙五年(1178)拜右丞相。著有《鄮峰真隐漫录》五十卷。《划船致语》开篇表

● 月湖柳汀旧影

明了写作的宗旨：

> 伏以神圣当阳，朝廷有道，嵩呼鳌抃，共欣睿算之穹崇。樵唱渔歌，更喜时风之快乐。宜修竞渡，用洽欢谣。①

龙舟竞赛是月湖的一种休闲文化活动，这种活动对于参赛划船的人来说是体育竞技，对于岸边观看的人来说则是趣味性极强的娱乐活动。这篇文章是为了渲染竞赛的气氛、鼓舞参赛者的士气以及调动观赛者的积极性而写的，因而开篇就营造了祥和而热烈的场景。朝廷有道，百姓安康，因而有闲暇和余力举办这一活动，共享龙舟竞渡之乐。这篇散文描写了人们在月湖中赛龙舟的热闹场景，并以细腻的笔触描写了月湖美景：

> 伏以鄞有西湖，古称洞府。蔽空花卉，四时之锦绣鲜明。极目烟波，万顷之琉璃莹滑。好翻桂桨，快引龙舟，喧喧画鼓惊雷，隐隐朱旗拂电。锦标夺去，价珍万两黄金。玉醑倾来，光印一轮明月。用开宴集，以乐升平。恭惟东道主盟南州，重客坐环冰玉，面揖湖山，俱为珠蕊之神仙，来作烟霞之伴侣，痛拼剧饮，烂赏良辰。②

月湖周围繁花盛开，四季不断，水面烟波浩渺，如琉璃般明亮而润泽。在风景如画的月湖之上，龙舟竞赛热闹非凡，龙舟上插有朱旗，并且有人擂鼓助威，人们竞相争冠，赢得丰厚的奖赏。龙舟比赛之后还有庆功晚宴，在皓月当空之下，面对优美的湖光山色，品尝美酒佳肴，好似体会到了神仙境界。这篇文章篇幅简短，但无论描写月湖美景还是渲染

---

① （宋）史浩：《鄮峰真隐漫录》卷三九，文渊阁《四库全书》本。
② （宋）史浩：《鄮峰真隐漫录》卷三九，文渊阁《四库全书》本。

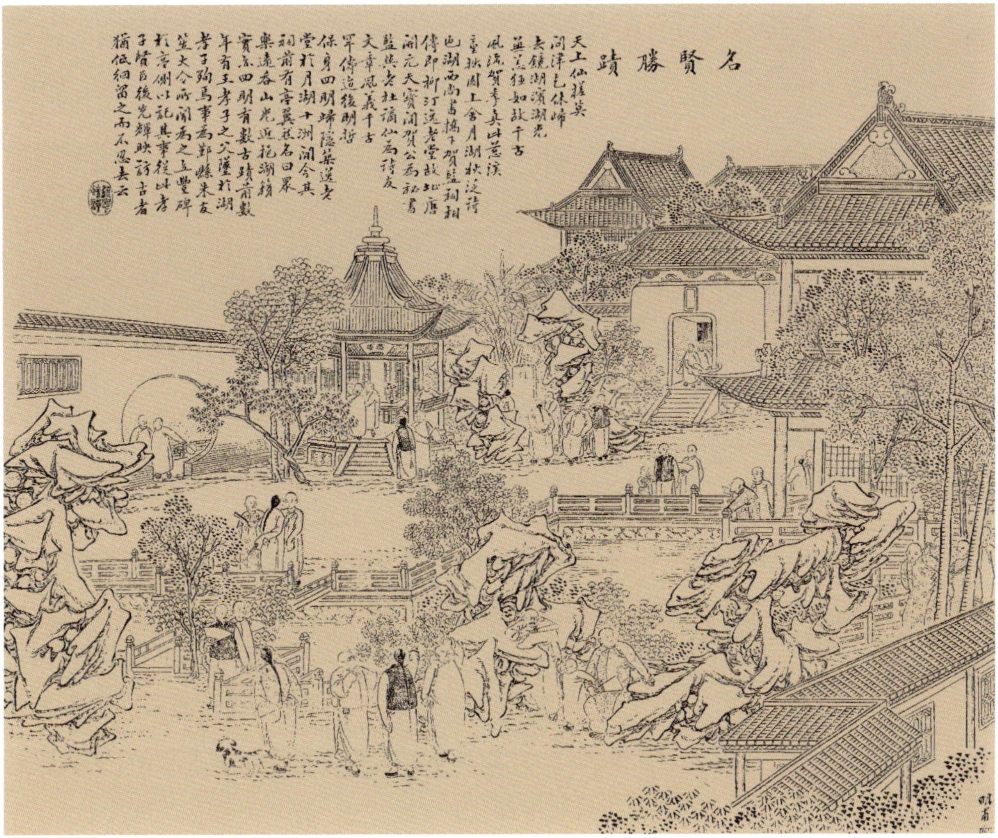

● 月湖（清《点石斋画报》）

龙舟竞赛场景都非常生动形象，使人如临其境，真切地感受到当时美好的场景。可见虽然北方江山失陷，南宋偏安一隅，但月湖之畔依然歌舞升平，游人如织，有热闹的龙舟竞赛和奢侈的庆功宴会，上至大臣、下至百姓都没有表现出强烈的收复山河之志。

明代张岱散文《日月湖》中也有关于月湖自然和人文景观的描写。张岱（1587—1679），字宗子，号陶庵，浙江山阴（今绍兴）人，生性洒脱不羁，以寄情山水为乐事。清兵南下之后，隐居山中，在穷困潦倒中坚持著述。张岱在《日月湖》中展现了晚明时期月湖的水韵风流：

  月湖一泓汪洋,明瑟可爱,直抵南城。城下密密植桃柳,四围湖岸,亦间植名花果木以萦带之。湖中栉比者皆士夫园亭,台榭倾圮,而松石苍老。石上凌霄藤有斗大者,率百年以上物也。四明缙绅,田宅及其子,园亭及其身。平泉木石,多暮楚朝秦,故园亭亦聊且为之,如传舍衙署焉。屠赤水娑罗馆亦仅存娑罗而已。所称"雪浪"等石,在某氏园久矣。清明日,二湖游船甚盛,但桥小船不能大。城墙下,址稍广,桃柳烂漫,游人席地坐,亦饮亦歌,声存西湖一曲。①

  张岱笔下的月湖清澈明丽,四周桃柳环绕、名花盛开,湖中士大夫的园亭鳞次栉比。园中有百年苍松、斗大的凌霄藤。湖四周为四明士大夫的宅邸园林。世事变幻莫测,因而房屋主人更替频繁,宅邸宛如旅舍,

---

① (明)张岱:《陶庵梦忆》卷一,文渊阁《四库全书》本。

● 月湖全景旧影

明代文学家屠隆的娑罗馆仅存娑罗。清明节日月湖游船繁多，小巧的游船在精致的小桥下穿梭，湖畔的城墙下有宽广的场地，绿树成荫，游人在此席地而坐，饮酒欢歌，好不惬意。这篇散文在描写美景的同时流露出沧海桑田、物是人非之感，可见由宋至明清，虽然朝代更迭，人事变迁，历经无数次兵荒战乱，但月湖依然明媚，花木依然苍翠烂漫，游人依旧兴致盎然。

清代全祖望《湖语》在写法上借鉴王应麟《四明七观》，以对话的方式展开。开篇写作者闲居月湖之上，有客人来拜访并且向他询问关于月湖的旧事，对《四明七观》中没有提及月湖而遗憾。全祖望详细地解答了客人的疑问，将月湖兴建的历史娓娓道来，并且生动地描摹了月湖美景："烟花骀荡，雪月清虚。池塘春水，芳草平芜。三眠之柳乍醉，五粒之松长腴。"[1] 无论春日烟花烂漫，还是冬日雪花飘飘，月湖皆有如诗如画

---

[1]（清）全祖望撰，朱铸禹汇纂：《全祖望集汇校集注·鲒埼亭集卷四》，上海古籍出版社2000年版，第99页。

● 月湖芳草洲

之境,水温润而莹澈,草鲜碧而芬芳,柳纤细而轻柔,松丰润而长青,作者以简洁的语言形象地描绘了月湖四季美景。《湖语》中还重点描写了月湖之水:

> 湖水之静深,足以洗道心;湖水之澄洁,足以励清节;湖水之霏微,足以悟天机。是故湖上理学之传,文章之聚,官箴乡行,交修具举,振振然,绳绳然,咸有昔人之规矩。[1]

月湖之水宁静深邃、澄澈洁净而又笼罩着淡烟轻雾,流连湖边或泛舟湖上可以使人忘却凡俗之心,彻悟玄妙的哲理,因而月湖之畔学脉源远流长,绵延不息。王安石在月湖畔县衙街的孔庙设立鄞县县学,楼郁、杜醇、杨适、王致和王说被称为庆历五先生,他们受邀到县学讲学,奠定了月湖学脉的基础。之后有杨简和袁燮的心学、王应麟的深宁学派以及

---

[1] (清)全祖望撰,朱铸禹汇纂:《全祖望集汇校集注·鲒埼亭集卷四》,上海古籍出版社2000年版,第99页。

明清时期以黄宗羲、万斯同、全祖望等为代表的浙东学派。月湖不仅能够为四明人民提供灌溉的水源和游览休闲的场所,更重要的是成为四明文化繁盛之地,使山水风雅和人文风流完美地融为一体。

二、翡翠随潮月

东钱湖是宁波除月湖之外又一处既具有灌溉作用又颇具游赏价值的水域。西晋文人陆云《答车茂安书》中记载:鄮县"西有大湖,北有名山,南有林泽,东临巨海"。西晋时期鄮县县治在鄮山,"大湖"即东钱湖,位于鄮山西侧,可见晋朝时东钱湖已有很大规模。唐代时东钱湖被称为"西湖",也是因为湖在位于鄮山的县治西部。宋代称东钱湖为"东湖",因县政府所在地在三江口,湖在其东。魏晋时期东钱湖是天然湖泊,到唐代才开始人工拓展,《新唐书·卷四十一·志第三十·地理五》载:鄮,"东二十五里有西湖,溉田五百顷,天宝二年令陆南金开广之"。《宋史·志第五十·河渠七》也记载:"南宋乾道五年,守臣张津言:东钱湖容受七十二溪,方圆广阔八百顷,傍山为固,叠石为塘八十里。自唐天宝三年(744),县令陆南金开广之。"元末明初戴良在《二灵山房记》中说道:"鄞之名山水,不可以一二数,而东湖为最奇。"[1]东钱湖以灵秀的山光水色著称,南宋金华人吕祖俭(约1140—1198)《游候涛山并东钱湖记》记述了作者一行人清晨从阿育王寺出发,未到正午便到达东钱湖,在湖上泛舟饮酒,作者生动地描绘了所见美景:

> 风自四山而下,掠荻芦而过,猎猎有声,俯仰其间,不能舍去。舟子亦解人意,放舟入深处。三鼓余,月色始明,回思往岁五云樵风之集,恍若一梦。舍舟登岸,或从容于林下,或

---

[1] (元)戴良:《九灵山房集》卷二十,《四部丛刊》本。

● 东钱湖旧影

容舆于轩前,皆有"明日隔山岳"之叹。①

舟行水上,四面山风吹来,风声瑟瑟,拂过茭白,作者在湖中畅游,兴致盎然。夜半时分,明月之下,不由忆起往年绍兴五云寺、樵风泾之游,如在梦中。弃舟登岸,漫步在林间、窗前,便有杜甫《赠卫八处士》诗中"明日隔山岳,世事两茫茫"的感慨。从这篇散文可以看出南宋时期东钱湖风景宜人,是游览山水的好去处。但当时东钱湖在水域治理上还有所欠缺,作者在文中对此也有所记述:

> 东湖与广德湖,灌溉民田甚众。广德湖在西门外,今废为田,以其租入赡水军。东湖虽存,然久堙弗治。……东南有二灵、象坎、隐学诸山,及道人茅庵甚众。希度又为予言,往岁尝大兴工役以浚治之,而不得其道。去辇泥无尺许,而复积于

---

① (元)王元恭:至正《四明续志》卷一一,清咸丰四年(1854)甬上徐氏烟屿楼刊本。

山间之隙，是岁虽平望渺茫，若可以奏功，然未久，葑泥复泻注于湖中，茭芦丛生，堙塞尤甚。有为买葑而运诸海之说者，其利害亦未尝详也。①

东钱湖与广德湖皆为明州灌溉农田的重要水源，北宋时期广德湖已被填湖为田。②这种情况一直持续到南宋。东钱湖在吕祖俭游览之时也存在水草与湖泥过多而影响水质这一问题，同行慈溪友人杨希度也向作者介绍了相关情况，以前曾对东钱湖进行过大规模疏浚，但效果并不好，清理出的草与泥又很快堆积湖中，因而有人提议应将葑泥运入海中，但并未实施。

这篇散文既描写了东钱湖的美丽风光和泛湖赏景的惬意心情，又表达了作者对湖的淤塞状况的担忧。南宋淳熙八年（1181），吕祖俭被任命为监明州仓，适遇其兄祖谦病故，服兄丧一年而不赴任。监仓是负责监督仓库的官员，吕祖俭虽没有赴任，但对明州的水利、农业方面的发展还是有所关注，因而这篇游记在描摹风景的同时，也有对东钱湖作为灌溉水源方面的考虑。南宋末年王应麟《四明七观》中也有对东钱湖的记载：

> 唐有西湖，爰在东郊。陆令开广，农殖嘉苗。湖姓以钱，亦处东鄙。受溪七十二，环塘八十里。四闸七堨，重治者李。滈滈清渠，有芨有苊。有蒲菡苕，烟海雁凫。盖自晋以来，遏川水种，既浸既润，民食无虞。介甫鸣弦，乃堤乃陂。瘠土衍沃，遗黎之思。③

---

① （元）王元恭：至正《四明续志》卷一一，清咸丰四年（1854）甬上徐氏烟屿楼刊本。
② 王应麟《四明七观》中对此有更详细的记述："政和中塞为田。"表明宋徽宗政和年间（1111—1118）广德湖已成为农田。
③ （元）袁桷：《延祐四明志》卷一，《宋元方志丛刊》第六册，中华书局1990年版，第6146页。

● 龙舟竞渡(《年节习俗考全图》)

  王应麟向南州公子讲述了东钱湖的规模、兴建的历史以及对四明百姓的作用。唐代天宝年间，鄞县县令陆南金拓宽了湖的规模，宋代天禧元年(1017)郡守李夷庚重修东钱湖，建成四闸七堰。王安石为鄞县县令时也曾修筑堤堰，加强对湖的治理。在贤德的官员治理明州期间，东钱湖既有其灌溉田地的实际作用，又有可供欣赏游览的美景。湖水清澈，莼菜、菖蒲、荷花生于其中，大雁、野鸭等水鸟在湖上翩翩飞舞，一派祥和景象。从晋代以来，东钱湖就成为四明农业的主要灌溉水源，使农业摆脱了旱灾的困扰,人民衣食丰足。

元代朱右《游四明东湖诸山五记》之《自郡城至育王山记》描绘了东钱湖美景。朱右(1314—1376),字伯贤,浙江临海人,曾任慈溪县儒学教授。其元末游历鄞县,写下这篇散文,描写了东钱湖山水的灵秀和丰美:

> 去城一舍远,为东湖,环之五十里,波荡清溢,坻岛洲渚,参互其中。寺宇楼殿,涧壑奇观,层见叠出,与水光颠倒下上,寥廓渺泳。下临无地,菱芡芙蕖,溪鱼水错,生育日繁。其抵岸峰峦秀出,堂奥幽邃,陵谷林麓,慨然而阴,蓊然而荣,罗列四周。若天童、鄮峰、大慈诸名山,正据其上。水出涧壑,凡三十有六,众流委焉。四明佳山水之胜,舟舆观望,浮游之美,悉萃于此。①

东湖在鄞县城东三十里处,方圆五十里,清波荡漾,洲渚罗布。湖畔所建庙宇楼台与青山相互映衬,倒映水中,形成苍茫而邈远的意境。水中生长着菱角、芡实、芙蓉等繁多的植物以及各种鱼虾贝类,生机盎然。沿湖天童山、鄮峰、大慈山等名山峰峦叠翠,林木葱茏,三十六条溪的溪水从山涧流出注入湖中。东钱湖占尽天时地利,成为人们观光游览的胜地。作者也描绘了登上阿育王山后所见东钱湖美景:"梯蹑而上,七级至绝顶,见瀛海浩瀚无际……回顾城郭民居,湖屿原隰,历历可睹。神思飘逸,若驾飙车而飞腾者,亦快矣哉!"②拾级而上,登上绝顶,眼前是一望无际、烟波浩渺的湖水,身后清晰可见的城市民居,宛若人间与仙境的交会,令人有如梦似幻之感。这篇散文不仅描写了东钱湖水色山

---

① (元)朱右:《白云稿》卷七,清抄本。
② (元)朱右:《白云稿》卷七,清抄本。

● 东钱湖二灵寺

光,也描摹了滨湖建筑及湖中生物之盛,形象地展示了东钱湖在元代的盛况。

东钱湖对宁波的水利兴修和土地灌溉有重要的作用,同时优美的风景也为宁波人民带来审美的享受。东钱湖不仅水美,湖畔的青山以及山中的建筑亦足以让人赏心悦目,元末明初戴良在《二灵山房记》中描写:

> 东湖之名山水,不可以一二数,而二灵为最奇。二灵山房则又得夫二灵山水之最奇者也。山有二灵寺,即寺右庑为山房。寺与山房皆因山以为名,而寺乃宋和禅师讲道之处,山房则今大沙门天渊浚公之所居也。天渊自万寿退归,已逃隐此山。是时山房未成,二灵山水未见其为奇也。一日,命仆人刺筱篛,剪薪蒸,辟其屋之隘陋而加葺焉,且凿东壁为牖以通明,于是山房成而境始奇。①

---

① (元)戴良:《九灵山房集》卷二十,《四部丛刊》本。

戴良在这篇散文中详细地描写了东钱湖畔二灵山中一处山房的新奇别致的景观。二灵山房位于二灵寺右侧,而二灵寺则为宋代知和禅师讲道之处。山房是元代著名禅师天渊浚公居所,天渊浚公即释清浚(1328—1392),父亲是黄岩李氏,十三岁依从宝陀寺妙明禅师出家,后居宁波天童寺。明洪武元年(1368)成为四明万寿寺住持,后退居二灵山。天渊清浚禅师初到二灵山之时,二灵山寺并未建成,二灵山的灵秀风景也并未显现出来。天渊禅师命仆人伐竹斫木,在陋屋的基础上修建山房。为了屋内光线充足,在东面墙壁上开了一扇窗,成就了一处观赏风景的佳境。文中生动地描写了从山房中观看到的奇特景致:

> 盖东南诸山,踊跃奋迅,北走而达于湖,若奔马之饮江,若游龙之赴壑。其旁群峰羽翼乎兹山者,亦皆效奇献巧,若翔凤之展翅,而众鸟为之后先。环之以锦屏,舒之以练带,巉然湾然,如拱如揖。凡境之最奇,所以接乎目而交乎心者,举入乎山房矣。天渊置图书、几研、供张诸物于其中,客至则相与倚栏而立,纵目以嬉,不知日之将入。但见泽气上腾,与林光山色相掩苒,欻兮攒青,倏兮浮白,乍合乍敛,翕忽荡漾。已而皓月微吐,横射庭隙,流汞下潊,影动虚棂,悄骨凄神,恍不类人间世,此又一奇也。①

从山房东窗观看,东南面的山峰涌入眼帘,如奔马,似游龙,旁边群峰如飞鸟之翅翼,如锦屏环绕,似丝带舒展,山峰或陡峭,或迂曲,形态各异,赏心悦目的景色呈现在二灵山房的窗间。山房中的摆设也很雅致,图书、几案、砚台以及宴会的用具、饮食等一应俱全。客人到来既可倚栏而立、临窗赏景,又能挥毫泼墨、开怀畅饮,极尽愉悦之情。夕阳西

---

① (元)戴良:《九灵山房集》卷二十,《四部丛刊》本。

下,山房又是另一番奇景,云气氤氲,笼罩着林光山色,青白色彩变幻于倏忽之间。皓月初生,窗棂间月影流动,别有一番幽静凄清的韵致,宛如人间仙境。

二灵山是东钱湖景色极秀美之处,而山房又是二灵山的精华。这篇散文对二灵山房的描写形神兼备,既用平实的笔法叙述了山房兴建的经过,又运用大量比喻描摹了山房观景奇境,形象地展示了从山房东向窗口所见到的湖山美景,东钱湖因有二灵山房而增添了灵性。

明代李濂《游东湖阿育王山天童山记》描写了东钱湖地理位置的重要性和主要的修建过程。李濂(1488—1566),字川父,祥符(今属河南开封)人。明正德九年(1514)进士,正德十六年(1521)任宁波同知。文中记载作者在明嘉靖癸未年(1523)三月二日赴东钱湖观察水利,顺便观景的经过,对东钱湖修建历史有简要的记述:

> 明州东二十五里有大泽焉,曰东湖,方八十里,受七十二溪之流,灏溔汇蓄,足以溉鄞、定七乡之田,旧名万金湖,昭利博也。唐天宝二年,鄞令陆南金始辟广之。宋天禧中,郡守李夷庚增筑堤堰,民罔知旱。南渡后,史丞相卜茔湖上,益胜以丽。祠刹邃密,卉木芬郁,埒杭西湖之盛,故并称东西湖云。[①]

东钱湖位于宁波城东二十五里,七十二条溪之流灌注于此,有方圆八十里的水域。因其能够灌溉广阔的沃土,为人民带来农业的丰收,也被称为万金湖。文中追述了东钱湖的修造经过,唐代天宝二年(743)鄞县县令陆南金派人修筑堤坝,开凿东钱湖,宋代天禧年间(1017—1021),明州郡守李夷庚扩大了堤堰修筑规模,增强了东钱湖的灌溉能力,四明百姓自此免受旱灾的困扰。南宋时期东钱湖一带发展更加兴

---

① (明)李濂:《嵩渚文集》卷四九,文渊阁《四库全书》本。

● 东钱湖景

盛,这与宰相史弥远葬母于此有一定关系。大慈山与大慈寺即因史弥远慈母葬于此而得名,后史弥远也葬于寺的右侧,大慈寺由此成为南宋浙东名刹。南宋时期东钱湖与钱塘西湖并称为东西湖。这篇散文中描写了泛舟湖上的体验,作者一行人离开补陀寺,乘上小舟:

> 出寺东行一里,上湖艇,风日和朗,澄波如镜。泛五六里,入霞屿寺,览补陀洞天。相传史丞相之母欲礼补陀,丞相虞海涛之险,乃凿东湖之山为窍以入,曲洞通明,内置石观音像。洞前刻"补陀洞天"四巨字,绐其母曰:"此补陀山也。"母礼石观音而还。洞上有亭,亭牖开四面,南望韩岭,北望二灵,东望上水,西望陶公,峦岫回合,西湖殆弗如也。饭霞屿毕,复上湖艇,棹歌凄清,越讴迭和。击鲜酾酒,信艇所如。①

李濂详细地描写了一段湖上行程:离开补陀寺东行一里上船。阳春三月,风和日丽,水平如镜,船行至霞屿寺,游览补陀洞天。补陀洞天是

---

① (明)李濂:《嵩渚文集》卷四九,文渊阁《四库全书》本。

● "补陀洞天"四巨字

南宋宰相史岩之(一说为史岩之祖父史浩)派人修建,因其母笃信佛教,晚年想去舟山普陀山礼佛,但年老体衰,双目失明,行动不便。史岩之担心母亲难以承受海上风浪,因而在东钱湖霞屿山凿山为洞,名"补陀洞天",又在洞旁建寺,名"霞屿寺",建立观音道场。补陀洞天建成后,史岩之将老母接来礼佛,谎称此处为普陀山,以此了却了老母的一大心愿,此处也被后人叫作"小普陀"。作者描写自己在亭上四面眺望所见山水秀色,韩岭、二灵山、上水、陶公山美景尽收眼底。之后作者又泛舟湖上,赏湖光山色,听船歌民谣,品湖鲜美酒。这篇散文介绍了东钱湖的兴建历史,并对独具特色的景物进行了描写,介绍历史简洁扼要,描写风景细腻生动,是后人了解明代东钱湖的重要资料。

明代浙江临海人王士性所作《东湖》也是描写东钱湖美景的一篇短文。王士性(1547—1598),字恒叔,号元白道人,明万历五年(1577)进士,曾在河南、北京等地为官,写了大量山水游记,结集为《五岳游草》,《东湖》是其中的一篇散文。文中描写了游历东钱湖所见,虽然全文只有二百余字,但以生动、清新而又华美的语言描写了东钱湖之美,是游记中的精品。作者所记是万历十四年(1586)九月与友人的东钱湖之行:

> 东湖者,去鄞东三十里,受七十二溪之流,灌鄞七乡,一名万金湖。湖口有堰,易舟而渡,山长泬远,两崖青草,正啮

秋水，水中白蘋红蓼，洲以百计，海鸥片片往来。堰前乔木，咸史丞相弥远后。泊舟霞坞，正当湖心，中藏补陀洞，凿深百步，则卫王为其母作之者。登岸适余中舍别墅，则背山面湖，葱蒨在门，琪花瑶草，大率取胜于湖色为多。出湖渡汇涧桥，陆行至玉几山，有阿育王寺焉。昔刘萨诃得佛舍利于地中，置塔以藏。塔高不及尺，四隅角起，非木非石，悬舍利于金钟下，大不逾菉菽，色黄白，焜耀动摇无定时，盖宇宙之神奇哉。①

文中描写了明代东钱湖的盛况，开篇介绍了东钱湖的地理位置和水源，七十二条溪流活水源源不断注入湖中，湖口建有堤坝。作者与友人泛舟湖上，两岸青草丰盈，水中白蘋红蓼相互映衬，湖中有数以百计的小洲，海鸥翩翩飞翔。作者与友人在湖心霞坞泊舟，游览补陀洞，文中写到补陀洞是"卫王为其母作"，而史弥远被追封为卫王，作者认为补陀洞是史弥远为母所修，但研究者一般认为补陀洞是史浩或史岩之为母礼佛而修，因而此处应是王士性在记述上有所偏差。文中也描写了阿育王寺中神奇的舍利。王士性所见的舍利塔小巧玲珑，高不足一尺，佛舍利悬挂于金钟之下，绿豆大小，其色黄白，辉光闪耀，实为宇宙奇观。这篇散文描摹了东钱湖水草丰美的景色，也记述了补陀洞天、阿育王寺舍利等具有传奇色彩的景观。

明代鄞县人李玮所作《东钱湖赋》也以细腻的笔法描写了东钱湖的人文背景、在人民生活中的实际作用以及赏心悦目的美丽风光。文中写道：

盖惟鄞之东钱，亦名万金，职其所产，财薮货林，轮广百里，缭绕重岑。自唐开浚，以讫于今，虽常典之阙书，亦图经

---

① （明）王士性：《五岳游草》卷四，《续修四库全书》本。

之攸载。甃澶漫，平修防，郁赑屃乎石埭，障千顷之汪洋，阏洪涛之澎湃，期不陊陉，恃以隔阂。[1]

李玮笔下的东钱湖幅员百里，山清水秀，物产丰富，从大力开掘东钱湖的唐代至明朝，一直是明州重要的地理标志。虽然古代典籍中少有记述，但南宋《乾道四明图经》卷二中曾记载："东钱湖在县东三十里，周回八十里，溉田八百顷。夏侯曾先《地志》云：其湖承钱埭水，故号钱湖。唐天宝三年县令陆南金开广之。"[2] 东钱湖坚固堤堰的修筑使湖水得到合理的利用，也成就了这一带的湖光山色之美。作者赞美了许多治理鄞县的贤德官员，他们将百姓生计问题放在为官之首，对东钱湖堤堰的修筑和淤塞的疏浚都非常重视，使其造福于农业生产：

> 是以莅兹土者，循良辈出，虑切民生，首功李陆，嗣以魏、程，胡榘之陶冶也。兵不妨阅，农不废耕，安石之修举也。塘岸必巩，水则必明。……启闭惟谨，排决迭行。置田敛税，浚有赡也；专官督察，事有监也；禁田浅淀，杜其僭也。劖石记事，欲有验也。时乎海君繻罪，水仙指怨，伊郁隆曦，昭回云汉，庭树虽存，谷蓶已嘆。乃无曝于尪人，亦不占于石燕。慰多稌之欲苏，仰巨浸之一灌。代上天之陆泽，治下土以波余。且溉且粪，乃畜乃畲，霶之蔚若，兴之卉如。[3]

文中记载了为东钱湖设施的兴建做出贡献的贤能官员，列举了鄞令陆南金、郡守李夷庚、魏王赵恺、州守程覃和鄞令王安石等，他们治理湖

---

[1] （清）曹秉仁等：雍正《宁波府志》卷三五，清雍正十一年（1733）刻本。
[2] （宋）张津等：《乾道四明图经》卷十，《宋元方志丛刊》第五册，中华书局1990年版，第4887页。
[3] （清）曹秉仁等：雍正《宁波府志》卷三五，清雍正十一年（1733）刻本。

的方法各有千秋，但基本上不离三个主要方面，即修筑加固堤堰、修建蓄水排水设施和清理淤泥水草，并且根据实际情况谨慎开闭水闸，调节湖水储存量，使东钱湖在抗旱上充分发挥效应。赋中用神话意象和一些典故渲染了旱情的严重，然后描写湖水的灌溉解决了所有问题，对比鲜明，突出了东钱湖在明州农业发展中的重要性。这篇赋也以细腻的笔法描摹了东钱湖美景：

> 乃若晴则流光潋滟，雨则寒色空蒙，雪则皓洁泓澄，淼水天之一色，雾则嵚溟滂浡，疑世界之鸿蒙。月朣胧兮渊漾，寂漻湛湛焉其镜空。①

东钱湖水色无论在晴明之时、雨雪之中还是雾笼月照之下，皆引人入胜，或水波明亮，或凄清迷蒙，或水天一色，或恍惚朦胧。在不同的季节和自然条件之下，东钱湖呈现出不一样的美感。赋的结尾表达了作者对东钱湖现状的担忧："茭荇之根，积而渐塞，是谁之忧也？且言湖之为湖，尚以水利乎民，奈今之势门然而未仁，治滩为田，水不得蓄，辖管荷藕，湖是以湮。"②李玮所见的东钱湖也有比较严重的淤塞状况，水草之根逐渐淤积，滩涂被改造为田，湖的蓄水量日益减少，灌溉农田的效用受到影响，作者在游览美景的同时表达了对民生的关注与忧虑。

清代史大成的《游东钱湖形胜赋》则以优美的文笔描写了东钱湖湖山秀色以及人文景观。史大成（1613—1676），字及超，鄞县人，为南宋"一门三宰相"史浩家族的后人，清顺治十二年（1655）进士，曾任翰林学士、礼部右侍郎等职。文章开篇概括了东钱湖的地理位置、惠泽农田的功用和山明水秀、草木葱茏的自然景观：

---

① （清）曹秉仁等：雍正《宁波府志》卷三五，清雍正十一年（1733）刻本。
② （清）曹秉仁等：雍正《宁波府志》卷三五，清雍正十一年（1733）刻本。

● 东钱湖石碑楼

  钱堰奇观,珠山胜概,宋名东井,唐号西湖。带八塘而通四碶,渥七乡而及三县。古松怪柏,争胜于牛眠之地;瑶草琪花,竞秀于虎号之坪。地接马山,湖通象坎,锦屏漾霞屿之口,银镜浮月波之面。浮浮渔艇,每弄江郎湾前。隐隐客帆,时过陶公山外。慈云岭断,秀峰远映于寒潭。福泉山危,重峦直绕于烟浦。看青山岭畔,远浦归舟。观绿野塘边,平沙落雁。悬青献碧,秀耸和尚之山。逐浪挑空,波泛观音之洞。①

  东钱湖筑有坚固的八塘四闸,灌溉四明七乡三县的沃土,湖鲜鱼贝取之不尽,不仅惠及百姓,也给文人墨客提供了游览描摹的湖山盛况。此地为卜葬的风水宝地,苍松翠柏郁郁葱葱,也是泛舟赏景的佳处,舟

---

① (民国)王荣商:《东钱湖志》卷三,民国五年(1916)刻本。

船在苍茫开阔的湖面上自在漂荡,游人可欣赏青山翠岭、远浦渔舟。"山外山,叠叠兮青山。上水下水,悠悠兮绿水",作者渴望超脱世俗的精神与幽静的山水融为一体,寻幽探胜之旅也是对胸襟的一种洗礼。

宁波古代散文中描写的东钱湖与月湖是宁波两种类型城市文化的代表。月湖的秀丽精美体现了四明温婉明丽与热闹生动的一面,精致的画桥和亭台楼阁华美绮丽,书院、藏书楼使人体会到学脉绵延以及书香氤氲,龙舟竞赛体现了市民生活的生机和活力。东钱湖则流露出一种悠远而深邃的韵致,距离城区三十里的位置使其倍增幽静之趣,群山环抱颇显峥嵘苍茫气韵,补陀山观音洞和隐学山、陶公山等更使其具有传奇色彩,著名墓葬又增添了庄严肃穆的氛围。四明的这两大著名湖泊相得益彰,它们既是保证农业发展的灌溉水源,又是城市景观的独特展现。

三、迥出万物表

宁波不仅有明丽温润、悠远苍茫、驰名四方的月湖和东钱湖,也有苍翠巍峨、奇峰争秀的四明山。四明山是宁波有悠久文化意蕴的名山,巍巍四明山,方圆八百里,二百八十峰绵延余姚、鄞州、奉化、上虞、嵊州,古代散文中有许多杰出篇章对之进行了描写。雪窦山是四明山的最高峰,因宋仁宗梦中到此一游而得名"应梦名山"。山上有著名的锦镜池,位于雪窦寺前伏龙桥与关山桥之间,是一口开挖于南宋时期的古池,宋代楼钥《雪窦山锦镜记》是在南宋淳熙十二年(1185)锦镜池修成之际所写,描写了雪窦山的奇秀风光和锦镜池的开掘经过:

> 雪窦山名天下,自下而升,既至绝顶,而地始平旷,四山又环之。寺据正中,气象雄秀。二水不知所从来,出山之两腋,而会于前,径赴大壑,峭石削立,险不可测。崩空落崖,飞

雪千丈，洞心骇目，胜绝一方，此山之所以得名也。由古以来，登览之士不知其几，眩于创见，何暇拟议？[1]

雪窦山中雪窦寺所在之处有一片广阔的平地，四周群山环抱，两条从山上流下的溪水汇聚于此，并流注于深不可测的山涧之中。水流飞溅，如飞雪千丈，观者无不称奇，因而得雪窦山这一山名。锦镜池的开掘从有这一设想到付诸实践历经了几十年的时间，文中记述了开掘的经过：

> 绍兴甲子，郡太守尚书莫公将来游，乃始发妙意于万象之表，谓水去太亟，属寺僧以田为池，使二流汇其中，宽纳而缓出之，则寺当少利。有诗云："能废千畦渟玉雪，不妨飞练挂丹梯。"读者韪之。而四十余年，十易主人，咸睥睨以为难。淳熙十一年，足庵鉴公禅师既至，百废修举，取莫公之说斟酌之。八月己未，遂兴畚锸。池深一寻，纵四百三十尺，广半之，筑堤南西，以便往来，因桥为闸，视水涨落而闭纵焉。明年二月庚子，池成，漪涟拍堤，渟泓如拭，千岩倒景，空明相映，道俗欣叹，见未曾有，禽鱼下上，咸有喜色。师问名于雪窗张武子良臣，武子曰："是所谓渊林锦镜者也。"遂以锦镜名，而谓余记之。[2]

宋绍兴十四年（1144）到雪窦山游赏的郡守莫公最初提出在山顶修池的设想，认为将两处涧水汇入池中贮存，然后缓慢泻出，水源的储存会对寺庙有利。这一建议提出后得到了众人的认可，但因为废田为池难

---

[1] （宋）楼钥：《攻愧集》卷五十五，文渊阁《四库全书》本。
[2] （宋）楼钥：《攻愧集》卷五十五，文渊阁《四库全书》本。

● 雪窦山(明代木刻画《名山图》)

度较大,四十年间没有具体实施。直到宋淳熙十一年(1184),雪窦寺方丈足庵禅师将莫公的设想付诸实践,这一年八月开始挖田凿池,次年二月完工。池深八尺,南北长四百三十尺,东西宽二百一十五尺,在池的西南面修筑堤、桥、亭和闸门,使二涧之水汇流池中,视水涨落启闭闸门,丝毫不影响千丈飞瀑的壮观景象。池水清澈明净,四周山影倒映其中,飞鸟在池上盘旋,池鱼在水中畅游,天地之间美景如在镜中,因而名为锦镜池。文中清晰地记述了锦镜池开凿的原因和过程,并形象地展现了如画的风景。

　　元代邓牧《雪窦游志》记载了游历雪窦山的经过。邓牧(1247—1306),字牧心,白号三教外人,钱塘(今杭州)人。他平生无意功名利禄,爱好漫游名山。元世祖至元三十年(1293)暮春时节,邓牧游览雪窦山,详细描写了所见所感。作者开篇描写了赶往雪窦山一路舟行的经

历,从石湖乘船,行经曲折水路到达奉化萧镇,细致地描绘了舟行状况及沿途所见:

> 凡舟楫往还,视潮上下,顷刻数十里。非其时,用人力牵挽,则劳而缓焉。初,大溪薄山转,岩壑深窈,有曰"仙人岩",巨石临水,若坐垂踵者;有曰"金鸡洞",相传凿石破山,有金鸡鸣飞去,不知何年也。①

作者描写了通往雪窦山的水路的特点,行船时顺应潮水涨落的方向则船速很快,行程轻松,如若不在潮涨潮落时借水力行船,则要人力牵拉,行程艰难。溪流沿山而行,一路所见山石险峻,途中有"仙人岩"和"金鸡洞"等景点。一段水路之后,到了溪流不畅通的路段,船行艰难,因而弃舟登陆,步行六七里,到达药师寺。在药师寺住宿两晚之后继续跋山涉水赶路,到达通往四明山的关隘溪口,接下来作者描写了攀登四明山所见美景:

> 渐上陟林麓,路益峻,则睨松林在足下。花粉逆风起为黄尘,留衣襟不去,他香无是清也。越二岭,首有亭当道,槩书"雪窦山"字。山势奥处,仰见天宇,其狭若在陷阱;忽出林际,则廓然开朗,一瞬百里。次亭曰"隐秀",翳万杉间,溪声绕亭址出山去。次亭曰"寒华",多留题,不暇读。相对数步为漱玉亭,覆泉,窦虽小,可汲,饮之甘。次大亭,直路所入,路析为两。先朝御书"应梦名山"其上,刻石其下,盖昭陵梦游绝境,诏图天下名山以进,兹山是也。左折松径,径达雪窦。自右折入,中道因桥为亭,曰"锦镜"。亭之下为圆池,径余十

---

① (元)邓牧:《伯牙琴》,文渊阁《四库全书》本。

● 雪窦山（清《点石斋画报》）

丈，植海棠环之，花时影注水涘，烂然疑乎锦，故名。①

沿着狭窄的山路上山，一路松林苍翠，花粉飘香，翻越两道山岭后，面前可见一座亭上用漆书写的"雪窦山"三字。作者生动地描绘了山峰险峻的态势，以行者在路途中仰望天空，自身如在陷阱之中为喻，极写山路之险。但攀登至高处，则出现一片平旷之地，眼前豁然开朗，途中

---

① （元）邓牧：《伯牙琴》，文渊阁《四库全书》本。

所见第二座亭为隐藏在杉树林间的"隐秀亭",第三座亭为留有好多题咏的"寒华亭",旁边几步之遥的"漱玉亭"之下有可以饮用的甘美泉水。正对着路的前方有一座大亭,亭正中有一石碑,上刻"应梦名山"四个大字。据宋代雪窦寺住持广闻禅师所撰的《御书应梦名山记》记载,北宋仁宗皇帝曾梦中游览一处风景极美的山峰,醒后派人到全国各地遍画天下名山,他从画中寻找梦中的美景。当他看到雪窦山景观,梦中美景又浮现在眼前,他认定雪窦山就是他梦见的那座山。宋淳祐五年(1245),南宋理宗皇帝为纪念先帝梦游雪窦之事,追书"应梦名山"四个大字,派人送到雪窦山。住持广闻为保护皇帝题字,在雪窦寺南建造一座亭子,将"应梦名山"四字镌刻于石上,置于亭内,此亭即为御书亭。

"应梦名山"四字既是雪窦山传奇历史的写照,又是人们赏景的一个路标。前方道路自此亭开始一分为二,向左从松间小径而入,直达雪窦山,向右则是锦镜亭。亭下为直径十余丈的圆池锦镜池,周围种植海棠,花影倒映水中,异常绚烂,锦镜之名由此而来。作者生动地描写了锦镜池畔千丈岩瀑布的奇观:

> 登千丈岩,流瀑自锦镜出,泻落绝壁下,潭中深不可计。临崖端,引手援树下顾,率目眩心悸。初若大练,触崖石,喷薄如急雪飞下,故其上为飞雪亭。憩亭上,时觉沾醉,清谈玄辩,触喉吻,动欲发,无足与云者。坐念平生友,怅然久之。[①]

作者站在千丈岩悬崖边观赏从锦镜池流出泻落绝壁之下的瀑布,其险峻壮观使人惊心动魄,轰鸣的瀑流冲击岩石,水花迸溅,如雪花纷飞,因而建有飞雪亭。邓牧于亭下小憩,眼前风景使他如醉如痴,有无数清辞妙论想要表达,但并无高朋密友陪伴身边,不禁怅然若失。作者以没

---

① (元)邓牧:《伯牙琴》,文渊阁《四库全书》本。

明·张宁绘《虚亭飞瀑图》

四明山（明代木刻画《名山图》）

能与友人分享难得一见奇景的遗憾，衬托了千丈岩瀑布令人震撼的奇观。邓牧这篇散文既叙述了一路水陆兼程前往雪窦山的经过，又细腻地描摹了雪窦山具有代表性的几处景点，描摹了七座各具特色的亭，再现了元代雪窦山的生动面貌。

明代沈明臣《四明山游记》详细地描写了游览四明山的情形，沈明臣（1518—1596），字嘉则，鄞县栎社（今属宁波市海曙区）沈家人。曾入胡宗宪幕府参与抗倭斗争，深受胡宗宪赏识。胡宗宪死后，沈明臣沦落江湖，遍游吴楚闽粤各地，老年回归故里，于栎社丰对楼书斋中吟诗著述，被称为布衣作家。著有《丰对楼诗选》《荆溪唱和诗》《吴越游稿》等。《四明山游记》是一篇近5000字的游记，记述了他57岁那年初春历尽艰难险阻游览四明山的经历。四明山险峻异常，正如徐时进《罗浮副墨序》所说:"余从明州入四明奥区三百里而遥,其径仄崄,而不可以篮笋,晋康乐、兴公诸好事率登雁宕、天台、华顶,罕为四明纪游者。"①四明山山高路险,大部分路况难以运用竹轿之类的交通工具,主要靠徒步而行,路途非常艰辛,因而谢灵运等游历众多名山者也望之却步。

　　沈明臣于明万历二年(1574)二月十日与友人相约从水路前往四明山,登岸后在路况允许的情况下雇佣轿夫,乘轿而行,山势险要处则舍轿徒步,历经十一天,到二月二十一日傍晚时分方才返回家中。这篇散文详细记述了此次行程,细腻地描写了非比寻常的奇景,如写前往杖锡寺探寻四窗岩沿途所见。作者经过错愕岭,描写山路险峻:"巉岩崒崣,径路如线,穿云雾以上。磴累细石盘绕,趾跖磴隙,磴滑即堕,倾跌数四,始及巅。"②错愕岭岩石高峻耸立,脚下的小径狭窄如线,登山的石阶细窄光滑,难以容足,滑落几次之后才到达山巅。作者以生动的笔触和丰富的想象描写了在山巅所见错愕岭岩石的形貌:

> 山颠石皆林立峭拔,列若屏者,挺若笋者,若兽而奔者,若鸟而翔者,龙而偃蹇若者,虬而盘旋若者,若洼者作坎,若柱者作突,若梁者作横,若袖者作舞,若手者作伸,若圭者可执,若刀者可割,人而若僧者,女而若鬟者,壁立而夫尺许,复壁立而起,若巨斧劈者,不可枚数。山下巨溪南绕,溪中石亦大小错。高涧飞泉,蛇行而下,若雷,若风,若磬,若钟,若竽,若籁,若笙,若镛,若击,若崩,若扣,若撞,使人目不及瞬,耳不及审。③

　　山顶岩石形态各异,作者一连运用15个比喻展现岩石的样貌:直

---

① (明)徐时进:《啜墨亭集》卷三,《四库禁毁书丛刊》本。
② (清)黄宗羲:《四明山志》卷八《文括》,文渊阁《四库全书》本。
③ (清)黄宗羲:《四明山志》卷八《文括》,文渊阁《四库全书》本。

立者如屏，如笋；盘曲者如龙，似虬；状若动态者如奔兽，若飞鸟；貌似静立者如柱，如梁。还有岩石若伸展之手，若飘舞之袖般奇特，若僧人，若女子般形态惟妙惟肖。作者将静立在眼前的岩石各自的状貌描绘得活灵活现，对山涧中飞流而下的泉水发出的美妙声音则连用12个比喻进行形容，有自然界的风雷之声、各种乐器的声音以及叩打撞击声等，以不同的声音突出水流声的丰富与奇特。作者也描写了途中经历的不同寻常的天气以及所见的奇异天象：

> 溪上，即又岭行，殆未十里，日没矣。是日蒸热若长夏，天朗朗霁，忽阴云一缕起日下，即大风震荡，山谷响应，若雷霆怒击，云涌出南走，顷刻幂六合。云黑如靛，野烧出山顶，状若列缺，光闪闪烁人，亦一奇观。①

翻过错愕岭，又渡过一条大溪，然后继续翻山越岭，很快到了日落黄昏之时。虽然是初春二月，但当天天气晴朗，如夏日般炎热，忽然天空出现一缕阴云，继而狂风大作，顷刻间阴云密布，山顶出现燃烧的野火，如闪电般耀眼，接下来便大雨倾盆，这段文字将四明山天气的瞬息万变描写得生动传神。作者一行人赶紧投奔杖锡寺借宿，第二天清晨离开寺庙，继续向四明山深处行进：

> 旦日，阴复风，旋作雪，旋止。僧云："天阴即雨雪，不问冬夏也。"盖计平原至此，万三千丈云。饭罢，风不济，起，策筇出，寺门有古松一。东南行，复东折，循山麓半里所，方石圭立道旁，曰屏风岩，高丈五六，四面称是，东面镌"四明山心"四隶，每字大二尺许。②

---

① （清）黄宗羲：《四明山志》卷八《文括》，文渊阁《四库全书》本。
② （清）黄宗羲：《四明山志》卷八《文括》，文渊阁《四库全书》本。

「四明山心」石

    沈明臣用杖锡寺僧人之言评价四明山的天气特点，即不论冬夏，皆可雨雪，说明四明山地势之高，天气情况之复杂。离开寺庙向东南行进，沿着山麓前行至高一丈五六尺的屏风岩，看到了岩石东面镌刻的隶书"四明山心"四字。但因此时风暴过大，不得已又退回杖锡寺。可见作者一行人四明山之行非常艰辛，不仅山路险阻难行，天气也变化不定，游历四明山不仅需要体力和精力，也要有很大的勇气与耐力。作者详细地描写了对四窗岩的探访经历：

    南入二三里许，山俯而复昂，崖穷壁立，盖几千仞。下睨潭水黑，临厕不敢窥，窥辄眩。厂稍西南向者，亦骨立，水滴滴垂，腰穴而岫者四，即石窗也，号称四明者。无径路，随道者纵横下上，援竹树匍匐至厂下，石确稍陂陀，凸受手绾，凹内趾跖，横上十步，达岫口。是时日正亭午，光不中入。中岫稍深丈，阔如之，中卧一石，隔为两岫。乃俯首入，躬曲不伸，出厂口伸。右岫仅容卧一二人者，左岫容三四人卧。石五色

● 四窗岩

错,仰视若网状。乱石珠坠缀,大者鼓如,中者斗如,小者丸如,细者粒如。①

　　渡过大俞溪,就到了四明山大俞顶,也即四窗岩所在之处。文中细致地描写了四窗岩周围山水的特色,悬崖壁立千仞,悬崖之下潭水黑色,望之使人头晕目眩。对于经过长途跋涉而寻找到的四窗岩,作者进行了详细的描摹,西南方向有一处"厂",此处"厂"为山边岩石突出覆盖处,人可居住的地方,也即四窗岩。因崖上有四个洞穴,宛如四扇明亮的窗户,可通日月之光,故名四窗岩。进入四窗岩的过程也相当艰辛,没有路径,一行人攀缘竹树匍匐至岩石之下,岩石坚固且凹凸不平,凸出之处可以手握,凹陷之处可以脚踩,如此攀爬到洞口。中间的岩洞较大,

① (清)黄宗羲:《四明山志》卷八《文括》,文渊阁《四库全书》本。

深和宽都有一丈许，洞中有卧石将其一分为二，右侧能容纳一两人，左侧可容纳三四人。石室顶部有大小不一的石乳倒悬，宛如网状，形状奇特，五彩纷呈。能够历尽艰险游览四明山已是难得，能一探四窗岩之奇更为不易，因而沈明臣根据明万历二年（1574）的四明山之行创作的游记既是写景散文的精品，又是宁波地域文化的珍贵资料。

清代黄宗会《四明山游录》也详细记录了游览四明山的经过。黄宗会（1618—1663），字泽望，号缩斋，余姚人，与兄长黄宗羲、黄宗炎并称"浙东三黄"，著有《缩斋文集》《缩斋日记》等。《四明山游录》近5000字，记述了作者在明崇祯十五年（1642）十一月与兄黄宗羲和黄宗炎同游四明山的经历。文章对游览行程娓娓道来，以典雅平和的语气描写了四明山的奇绝风光，如对皎口和蜜岩的描写：

> 行十里，过大雷山麓，为皛口，凡乱山出涓流及溪径吐潢潦者，集于此。溪益深广，每萦绕曲岸，偶触畸石，必盘盂周遭，或反涌起相争执，良久乃悠然长迈。暮色渐起，没鸦背，始达蜜岩。仡立千仞，无纤埃寸茎，栖之自然，烟容霓色，霏绕射人。俯睇绝壑，崚嶒洼坳，漂浏逆猎，加以回飙突砀，飞沫沾衣，莫不虞惊鹿骇，悼眩不宁。仰盱巅杪，岘崿危𠩺，将翔将舞，势且欲堕。其旁斫石成蹊，劣仅容跖，择然后可投步。时以不持被襆，将返宿中村，仅流览仿佛，不暇核也。回顾日影尚摇演柞朴间，有渔舟三五而至，遥语岸上人曰："近山多虎患，夜且出抗人兽食之。"时颇蓄戒心，仓皇驰去。①

这段文字生动地描写了皎口的水势和蜜岩的山形，使读者如临其境。蜜岩位于四明山东南，樟溪上游的大皎、小皎二溪在皎口汇合，文

---

① （清）黄宗会：《四明山游录》，藜照庐丛书本。

中"皛口"即"皎口"。作者描写了皎口水势湍急、激荡的奇景,附近山上的溪流和地上积存的雨水汇集于此。溪水深广,水岸曲折且岩石突兀,水流受到岩石的阻挡,回环涤荡,形成可供观瞻的美景。蜜岩光滑的石壁矗立千仞,映衬着霞光云影,笼罩着迷蒙的烟雾。俯视岩下深涧,山岩险峻,以至于向下的水流被岩石激荡逆流,飞沫打湿游人的衣衫,不由得使人战栗惊恐。而仰望蜜岩的巅峰,嶙峋峭壁若飞翔之势,又似乎将要坠落,令人心惊胆寒。山崖上开凿出一条小路,仅容下一只脚,须格外小心方能行走。作者一行人因没有随身携带衣物,不能抵御山中寒气而没有向上攀登,在返村途中得到渔人关于附近山中多猛虎的提醒,便仓皇返回。作者对蜜岩的这段描写细腻而形象,写出了岩石险峻的形态和游览蜜岩的心理感受,给人留下深刻印象。

  作者也写了游览锦镜池和千丈岩的经过,"遇锦镜池,久淤为田矣,遗址犹圆如满月,有小部娄穹然负古木"[1]。黄宗会所见锦镜池已被填土为田,但还保持着满月般的形状,隆起的小丘上生长着古木。这与沈明臣《四明山游记》中对锦镜池的描写相似:"有锦镜池,今田。"可见明清时期锦镜池已成为田地了。但千丈岩瀑布依然壮观:

---

[1]（清）黄宗会:《四明山游录》,藜照庐丛书本。

● 四明山水(元·顾园绘《丹山纪行图》局部)

  寻南行,观千丈岩。由御书亭自寺,无异平畴,田地町畦相比属。至是乃山势偃蹇,重巘迭嶂,箐深萧蔽,不见日月。水始争湍而下,为增石所击,反跃空起,大如建纛,徐乃堕碎。骤闻震霆,憾击而前,茫然不知措。①

  作者描写了千丈岩山高涧深、巍峨险峻的状貌,也渲染了竹林的茂密葱茏、遮天蔽日。飞流而下的瀑布为岩石所阻碍,腾空跃起如大旗状的水花,再缓缓碎落。瀑布声如雷霆轰鸣,震撼心灵,摄人魂魄。

  黄宗会这篇游记细致地记述了弟兄一行人游览四明山的行程,既有形象生动的景物描写,又有感人肺腑、引人深思的抒情和议论,如作者目睹了四明山上浓密的黑云聚集的天象,极为震撼,他感叹道:

  因叹余世家四明山,若旦夕可过者,而余年二十五始一见,在伯仲亦为初过。自后苟于灵山水有缘,得期年一至,或三四年一至,或五六年一至,极余之幸而无事,流连山水之乐,亦不能数数然也。况值兹雪满群山,尤不易得乎?设不幸世故驱迫,或十年而不得一至,或倍余年,或过之而不得至者,或

---

① (清)黄宗会:《四明山游录》,藜照庐丛书本。

至之而不能偕二三人同行者，余能无悲乎？①

黄宗会感慨虽然自己家住余姚，与四明山近在咫尺，却直到二十五岁才有机会游览，而同游的两位兄长也是初次登山。此行之后，无法预计何日方能重游。作者认为即使人生平安畅达也无法随性游山玩水，何况常常有所波折和羁绊，在悲慨人生为外力所限不得自由的同时，也更加珍惜此次行程，并感慨饱览山光水色给自己带来的心灵震撼以及愉悦的体验：

> 罡风欻起，欲挟人而上。揽钩藤、扪薜荔而行，得平石坐之，惟觉五内出濯清光中，众骇跃举，若生羽翎，凡贫悴沉滞无聊不平之气，一如轻水悬埃、残雪萦松而已。虽流离甚苦，亦不得不谓之异遇也。②

登山的过程中大风忽起，风势之猛似乎要将人腾空卷起，在险峻的山路上只有拉住藤条和薜荔才能站稳。兄弟几人艰难地找到可供休息的一块平石，便感受到历经磨难终得解脱的轻松，心中豁然开朗，烦忧苦闷顿时消散。因而虽然旅途艰辛劳顿，但此番经历却有着对心灵的洗礼作用。

这篇《四明山游记》写景抒情细腻而翔实，描摹了四明山的冬季风光，记述了艰辛的行程以及在游历过程中所产生的对人生的思考。

月湖、东钱湖和四明山是宁波具有代表性的自然景观，宁波历代散文中对这些景物的描写体现出作家对这些景观的由衷喜爱。文人们为一睹美景，不辞辛劳，翻山越岭，历经险境，方能领略常人难得一见的奇景。

---

① （清）黄宗会：《四明山游录》，藜照庐丛书本。
② （清）黄宗会：《四明山游录》，藜照庐丛书本。

他们在观景的同时也得到心灵的洗礼和净化，使人格精神得到升华。

王应麟（1223—1296），字伯厚，初号厚斋，晚号深宁居士，鄞县人。南宋淳祐元年（1241）进士，历任浙西安抚使、吏部尚书等职，宋亡后隐居著书，有《困学纪闻》《四明文献集》《玉海》《通鉴地理考》等。王应麟60岁时创作了《四明七观》，这篇文章描写了四明的风土特色，文章以对话的形式展开，虚构了南州公子和东野先生两个人物形象。从他乡而来的南州公子对四明不甚了解，博学多闻的东野先生从四明山海地形、湖泊分布、山珍海味以及历史名人掌故等方面向南州公子进行介绍。东野先生的阐释主要分为七方面，故名《四明七观》。作品将四明自然风物与历史掌故结合在一起，既是一篇颇有文采的散文，又是非常有价值的四明地方文献资料。文中开篇写了南州公子对东野先生的请求："愿启我以伟观，博我以奇概。"希望东野先生能给他讲一讲四明的奇观，接下来东野先生首先介绍了四明山：

> 先生曰："余卧游诗书之囿，视不逾几席，敢诵旧闻，吾子自择焉。昔尝窥宛委之笥，见神禹之《山经》……东有山曰句余，实维四明，南余姚、北句章，二县以为名……即山氏州，傲自升兀之盛。"①

东野先生言说自己曾经看过大禹登宛委山得到的《山经》中的记载，东方有句余山，其实就是四明山。唐代开元年间，明州因山得名。之后描写了四明山的高峻与苍翠，以及四明山名称的由来："骏极颢苍，危碧峭青。方石四面，天划神剡，出入三光，窗豁牖敞。"②四明山有方石

---

① （元）袁桷撰：《延祐四明志》卷一，《宋元方志丛刊》第六册，中华书局1990年版，第6140页。
② （元）袁桷撰：《延祐四明志》卷一，《宋元方志丛刊》第六册，中华书局1990年版，第6141页。

● "朝潮夕汐,与月亏盈"(宋·马远绘《水图卷》局部)

四面开窗,日月星辰之光直映其中,故称四明。文中也描写了神奇的海洋风光:

> 朝潮夕汐,与月亏盈,有鳅如山,从以鲲鲸……神虬骧首,吐雷嘘云。方其骏涛虎浪之兴,银峰万仞,雪屋千层,簸空兀岳,沃日吞江。雷公为之矍踢,天杭为之荡震。①

作者对大海的描写既体现出科学的素养,有表现出浪漫主义精神和写景状物的功力。大海潮汐受月亮引力影响而规律地交替着,海中有如山般巨大的露脊鲸和鲲鱼。变幻莫测的惊天巨澜中似有神龙吐雷吹云,巨浪拍打的声音使雷公惊惧,银河震荡。海洋风光是四明的一个主要特

---

① (元)袁桷撰:《延祐四明志》卷一,《宋元方志丛刊》第六册,中华书局1990年版,第6142页。

色,同时著名的还有海洋物产,文中描写:"海物唯错,隽味崒焉。任公垂饵,便嬛揄竿。波臣效异,鳞万介千。"[1] 众多海产品聚集于四明,任公子曾以大钩巨纶钓于东海,古代善钓者便嬛也曾在此持竿垂钓,林林总总的水族海鲜取之不尽。

宁波古代作家以博大的胸襟、关注现实的热情以及强烈的责任心创作了大量优秀的散文作品,这些作品以充实的内容和饱满的情感体现出感人肺腑的力量。作家们在散文中有对盛世豪情的抒发,也有对乱世深重的忧患感。无论个人命运顺遂还是坎坷波折,他们都能保持豁达的心态,超脱于一己私利,以包揽万物的心胸对待世界和人生。他们以宁波优秀的文化传承和积淀为瑰宝,在作品中展示了教育和文化方面的精华。在文人心目中,宁波山水风物具有孕育文化、滋养心灵的神奇作用,在他们笔下这些风物体现出独特的异彩。

---

[1] (元)袁桷撰:《延祐四明志》卷一,《宋元方志丛刊》第六册,中华书局1990年版,第6144页。

参 考 文 献

01. (三国)任奕撰,张寿镛辑:《任子》,《四明丛书》本。
02. (晋)陈寿著,(南朝宋)裴松之注《三国志》,明万历二十八年(1600)刻本。
03. (晋)陆云著,黄葵点校:《陆云集》,中华书局1988年版。
04. (南朝梁)萧子显:《南齐书》,文渊阁《四库全书》本。
05. (唐)韩愈等著:《韩愈·柳宗元·归有光·袁宏道合集》,时代文艺出版社2000年版。
06. (唐)孙郃纂,(民国)张寿镛辑:《孙郃遗文纂》,《丛书集成续编》本。
07. (唐)韦续:《墨薮》,文渊阁《四库全书》本。
08. (唐)徐坚:《初学记》,文渊阁《四库全书》本。
09. (唐)虞世南著,陈虎译注:《帝王略论》,中华书局2008年版。
10. (宋)李昉等:《文苑英华》,文渊阁《四库全书》本。
11. (宋)楼钥:《攻愧集》,文渊阁《四库全书》本。
12. (宋)史浩:《鄮峰真隐漫录》,文渊阁《四库全书》本。
13. (宋)舒岳祥:《阆风集》,文渊阁《四库全书》本。
14. (宋)王安石:《临川文集》,文渊阁《四库全书》本。
15. (宋)王应麟:《困学纪闻》,上海古籍出版社2015年版。

16 (宋)王应麟著,张骁飞点校:《四明文献集》,中华书局2010年版。
17 (宋)杨简:《慈湖遗书》,文渊阁《四库全书》本。
18 (宋)姚铉:《唐文粹》,文渊阁《四库全书》本。
19 (宋)袁燮:《絜斋集》,文渊阁《四库全书》本。
20 (宋)曾巩:《元丰类稿》,文渊阁《四库全书》本。
21 (宋)张津等:《乾道四明图经》,《宋元方志丛刊》,中华书局1990年版。
22 (宋)朱长文:《墨池编》,文渊阁《四库全书》本。
23 (元)程端学:《积斋集》,《四明丛书》本。
24 (元)戴表元:《剡源戴先生文集》,《四部丛刊》本。
25 (元)戴表元著,李军、辛梦霞校点:《戴表元集》,吉林文史出版社2008年版。
26 (元)戴良:《九灵山房集》,《四部丛刊》本。
27 (元)邓牧:《伯牙琴》,文渊阁《四库全书》本。
28 (元)王元恭:至正《四明续志》,清咸丰四年(1854)甬上徐氏烟屿楼刊本。
29 (元)乌斯道:《春草斋集》,《四明丛书》本。
30 (元)袁桷:《清容居士集》,文渊阁《四库全书》本。
31 (元)袁桷:《延祐四明志》,《宋元方志丛刊》,中华书局1990年版。
32 (元)朱右:《白云稿》,清抄本。
33 (明)陈敬宗:《澹然先生文集》卷三,《四库全书存目丛书》本。
34 (明)陈子龙等:《皇明经世文编》,明崇祯华亭陈氏平露堂刻本。
35 (明)戴澳:《杜曲集》卷九,明崇祯刻本。
36 (明)方孝孺:《逊志斋集》,文渊阁《四库全书》本。
37 (明)李濂:《嵩渚文集》,文渊阁《四库全书》本。
38 (明)王士性:《五岳游草》,《续修四库全书》本。

39 （明）王阳明著，吴光等编校：《王阳明全集》，上海古籍出版社1992年版。

40 （明）徐时进：《啜墨亭集》，《四库禁毁书丛刊》本。

41 （明）薛冈：《天爵堂文集》，《四库未收书辑刊》本。

42 （明）杨守陈：《杨文懿公文集》，《四明丛书》本。

43 （明）张岱：《陶庵梦忆》，文渊阁《四库全书》本。

44 （明）张斐撰：《张非文莽苍园文稿余》，章炳麟辑本。

45 （明）张煌言：《张苍水集》，上海古籍出版社1985年版。

46 （明）张时彻：《芝园定集》，《四库全书存目丛书》本。

47 （清）曹秉仁等：雍正《宁波府志》，清雍正十一年（1733）刻本。

48 （清）戴枚、董沛等：光绪《鄞县志》，清光绪三年（1877）刊本。

49 （清）董诰等：《钦定全唐文》，清嘉庆十九年（1814）内府刻本。

50 （清）董兆熊：《南宋文录录》卷二，苏州书局光绪十七年（1891）刻本。

51 （清）黄百家：《学箕初稿》，《四部丛刊初编》本。

52 （清）黄宗会：《四明山游录》，藜照庐丛书本。

53 （清）黄宗羲：《明文海》，文渊阁《四库全书》本。

54 （清）黄宗羲：《南雷集》，《四部丛刊》本。

55 （清）黄宗羲：《四明山志》，文渊阁《四库全书》本。

56 （清）黄宗羲撰，吴光主编：《黄宗羲全集》，浙江古籍出版社2012年版。

57 （清）姜宸英：《湛园集》，文渊阁《四库全书》本。

58 （清）全祖望撰，朱铸禹汇纂：《全祖望集汇校集注》，上海古籍出版社2000年版。

59 （清）屠彝：《甬上屠氏家集》，民国八年（1919）既勤堂木活字印本。

60 （清）万承勋：《千之草堂编年文钞》，《四明丛书》本。

61 （清）徐时栋：《烟屿楼文集》，《续修四库全书》本。

62　（清）杨正笋：雍正《慈溪县志》。嵇曾筠、李卫等：雍正《浙江通志》，上海古籍出版社1991年版。

63　（清）臧麟炳等著，龚烈沸点注：《桃源乡志》，方志出版社2006年版。

64　（清）郑梁：《寒村诗文选》，《四库全书存目丛书》本。

65　（清）朱舜水著，朱谦之整理：《朱舜水集》，中华书局1981年版。

66　（民国）王荣商：《东钱湖志》，民国五年（1916）刻本。

67　曾枣庄、刘琳主编：《全宋文》，巴蜀书社1992年版。

68　张如安、管凌燕：《清初浙东学派文学思想研究》，浙江大学出版社2013年版。

69　张如安、张萍：《明清宁波文学家评传》，海洋出版社2011年版。

70　张如安：《汉宋宁波文学史》，中国文联出版社2001年版。

71　张如安：《宁波历代散文选》，宁波出版社2010年版。

72　张如安：《鄞州历代诗文选》，浙江古籍出版社2008年版。

73　张如安：《元代宁波文化史》，浙江大学出版社2018年版。

图书在版编目（CIP）数据

山海妙心：宁波古代散文概览/杨凤琴著. ——宁波：宁波出版社，2021.8

（宁波文化丛书. 第3辑）

ISBN 978-7-5526-4359-6

Ⅰ.①山… Ⅱ.①杨… Ⅲ.①古典散文-散文评论-中国 Ⅳ.①I207.62

中国版本图书馆CIP数据核字（2021）第154505号

山海妙心　宁波古代散文概览

杨凤琴　著

出版发行	宁波出版社
	宁波市甬江大道1号宁波书城8号楼6楼　315040
	http://www.nbcbs.com
责任编辑	张爱妮
责任校对	霍佳梅
责任印制	陈　钰　王璐璐
装帧设计	马　力
开　本	710mm×1000mm　1/16
印　张	12
字　数	160千
印　刷	宁波白云印刷有限公司
版次印次	2021年8月第1版　2021年8月第1次印刷
标准书号	ISBN 978-7-5526-4359-6
定　价	65.00元

版权所有，翻版必究